KB109989

초콜릿 이상의 형이상학은 없어

초콜릿 이상의 형이상학은 없어

페르난두 페소아

김한민 옮김

POEMAS ESCOLHIDOS 2
Fernando Pessoa

차례

알바루 드 캄푸스 ÁLVARO DE CAMPOS

알바루 드 캄푸스 ÁLVARO DE CAMPOS

OPIÁRIO

Ao senhor Mário de Sá-Carneiro

É antes do ópio que a minh'alma é doente.

Sentir a vida convalesce e estiola

E eu vou buscar ao ópio que consola

Um Oriente ao oriente do Oriente.

Esta vida de bordo há-de matar-me.

São dias só de febre na cabeça

E, por mais que procure até que adoeça,

Já não encontro a mola p'ra adaptar-me.

Em paradoxo e incompetência astral

Eu vivo a vincos d'ouro a minha vida,

Onda onde o pundonor é uma descida

E os próprios gozos gânglios do meu mal.

É por um mecanismo de desastres,

Uma engrenagem com volantes falsos,

Que passo entre visões de cadafalsos

Num jardim onde há flores no ar, sem hastes.

Vou cambaleando através do lavor

Duma vida-interior de renda e laca.

아편쟁이

마리우 드 사-카르네이루 씨에게

아편을 하기도 전에 내 영혼은 병들었다.
삶을 느낀다는 건 회복이 되다가도 쇠퇴하고
나는 아편에 의지해 위안을 찾아 나선다
동양으로부터 동쪽인 **동양**을.

이 선상 생활은 나를 죽일 것이다.
며칠째 머리에서 열이 떠나질 않고
병이 날 정도로 찾아봐도,
이제는 내게 맞는 용수철을 못찾겠다.

천체의 무능과 역설 속에
나는 금빛 홈을 따라 살아간다,
자존심이 내리막인 파도이고
쾌락이 내 악의 신경절(神經節)인 곳에서.

줄기 없는 꽃들이 공중에 핀 정원에서
단두대가 보이는 사이로 내가 통과하는 곳은
재앙의 기계 장치,
가짜 타륜이 달린 톱니바퀴.

세사세공(細絲細工)과 래커로 손수 만들어진 내부-인생을
나는 비틀거리며 통과한다.

Tenho a impressão de ter em casa a faca
Com que foi degolado o Precursor.

Ando expiando um crime numa mala,
Que um avô meu cometeu por requinte.
Tenho os nervos na forca, vinte a vinte,
E caí no ópio como numa vala.

Ao toque adormecido da morfina
Perco-me em transparências latejantes
E numa noite cheia de brilhantes
Ergue-se a lua como a minha Sina.

Eu, que fui sempre um mau estudante, agora
Não faço mais que ver o navio ir
Pelo canal de Suez a conduzir
A minha vida, cânfora na aurora.

Perdi os dias que já aproveitara.
Trabalhei para ter só o cansaço
Que é hoje em mim uma espécie de braço
Que ao meu pescoço me sufoca e ampara.

선지자[1]를 참수한 칼이
집 안에 있다는 느낌이 든다.

나는 속죄하는 중이다 조부 한 분이
취미 삼아 저지른 가방 속의 죄를,
내 신경들은 교수대에 가 있고, 항상,
나는 도랑에 빠지듯 아편에 빠졌다.

모르핀의 졸린 손길에
박동하는 투명함 속에 나를 잃고
반짝임들로 수놓은 어느 날 밤,
달이 내 운명처럼 떠오른다.

나, 항상 불량 학생이었던 나는, 지금
수에즈 운하를 통과해 나의 인생,
새벽녘의 장뇌(樟腦)[2]를 몰고 가는
배를 지켜보는 것 말고는 하는 일이 없구나.

보람 있게 보내던 날들은 가 버렸다.
일해서 얻은 거라곤 피로뿐.
그건 지금 내게 있어 목덜미에서 나를
조르면서 지탱하는 어떤 팔 같은 것.

E fui criança como toda a gente.
Nasci numa província portuguesa
E tenho conhecido gente inglesa
Que diz que eu sei inglês perfeitamente.

Gostava de ter poemas e novelas
Publicados por Plon e no *Mércure*,
Mas é impossível que esta vida dure.
Se nesta viagem nem houve procelas!

A vida a bordo é uma coisa triste
Embora a gente se divirta às vezes.
Falo com alemães, suecos e ingleses
E a minha mágoa de viver persiste.

Eu acho que não vale a pena ter
Ido ao Oriente e visto a Índia e a China.
A terra é semelhante e pequenina
E há só uma maneira de viver.

Por isso eu tomo ópio. É um remédio.
Sou um convalescente do Momento.

나도 누구나처럼 어린아이였지.
포르투갈의 어느 시골에서 태어나
영국 사람들을 알게 되었지
내 영어가 완벽하다고 말해 준.

내 시나 소설들이
플롱이나 메르퀴르³⁾에서 출판된다면 좋겠지,
하지만 이런 삶이 지속되는 건 불가능하지.
이 여행길에 폭풍마저 없었다면!

선상 생활이란 슬픈 것.
사람들은 때때로 즐기기도 하지만.
독일, 스웨덴 그리고 영국 사람들과 얘기를 나눠 봐도
내 생의 고통은 그칠 줄 모른다.

내 생각에 굳이 애를 써 가며
동양에 가고 인도와 중국을 볼 것까진 없었다.
지구는 어디든 비슷하고 조그맣고
사는 방식은 하나뿐이다.

그런 이유로 나는 아편을 한다. 그건 일종의 치유책.
나는 이 순간으로부터의 회복기 환자.

Moro no rés-do-chão do pensamento
E ver passar a Vida faz-me tédio.

Fumo. Canso. Ah uma terra aonde, enfim,
Muito a leste não fosse o oeste já!
P'ra que fui visitar a Índia que há
Se não há Índia senão a alma em mim?

Sou desgraçado por meu morgadio.
Os ciganos roubaram minha Sorte.
Talvez nem mesmo encontre ao pé da morte
Um lugar que me abrigue do meu frio.

Eu fingi que estudei engenharia.
Vivi na Escócia. Visitei a Irlanda.
Meu coração é uma avozinha que anda
Pedindo esmola às portas da Alegria.

Não chegues a Port-Said, navio de ferro!
Volta à direita, nem eu sei para onde.
Passo os dias no smoking-room com o conde —
Um *escroc* francês, conde de fim de enterro.

사유의 지상층에 거주하면서
인생이 흘러가는 걸 지켜보는 것도 지루하다.

한 대 피운다. 피곤하다. 아, 그러니까, 이 지구상에
굉장히 동쪽이되 아직 서쪽은 아닌 그런 곳이 있다면!
내가 왜 굳이 인도를 방문하러 갔을까,
내 안의 영혼 말고 인도란 건 없는데?

나는 내 유산 때문에 불행한 인간.
집시들이 내 행운을 훔쳐가 버렸다.
어쩌면 죽음의 문턱까지 가도 발견 못 하리
추위로부터 나를 감싸 줄 장소를.

나는 공학을 공부한 척했지.
스코틀랜드에 살았다고. 아일랜드에 가 봤다고.
내 마음은 행복의 문간에서
동냥하고 다니는 작은 할망구.

철선이여, 포트사이드[4)]로는 가지 말아라!
오른쪽으로 돌려라, 방향은 나도 모르지만.
흡연실에서 어느 공작과 함께 나날을 보낸다 ──
프랑스 사기꾼, 장례식 말미에 나타나는 공작.

Volto à Europa descontente, e em sortes
De vir a ser um poeta sonambólico.
Eu sou monárquico mas não católico
E gostava de ser as coisas fortes.

Gostava de ter crenças e dinheiro,
Ser vária gente insípida que vi.
Hoje, afinal, não sou senão, aqui,
Num navio qualquer um passageiro.

Não tenho personalidade alguma.
É mais notado que eu esse criado
De bordo que tem um belo modo alçado
De *laird* escocês há dias em jejum.

Não posso estar em parte alguma. A minha
Pátria é onde não estou. Sou doente e fraco.
O comissário de bordo é velhaco.
Viu-me co'a sueca… e o resto ele adivinha.

Um dia faço escândalo cá a bordo,
Só para dar que falar de mim aos mais.

나는 불만스러운 채 유럽에 돌아온다,
몽유병자 시인이 될 팔자로.
나는 왕정주의자지만 가톨릭 신자는 아니며
강력한 존재들이 되고 싶다.

신앙과 돈이 생긴다면 좋겠지,
내가 본 여러 멋없는 인간들처럼 된다면.
결국은, 지금 여기에서, 나는 그저
아무 배에 탄 일개 승객일 뿐.

내게는 이렇다 할 개성이 없다.
며칠째 단식한 스코틀랜드 영주의
근사한 자태로 승선한
저 어린 사환이 나보다 더 눈에 띈다.

나는 어디에도 머물 수가 없구나. 나의 조국은
내가 없는 그곳. 나는 병들고 허약하다.
배의 승무원이 능글맞다.
스웨덴 여자랑 있는 나를 보고선…… 나머지를 상상한다.

언젠가 배에서 스캔들을 일으키리라, 그저
남들에게 나에 대한 이야깃거리나 줄까 하고.

Não posso com a vida, e acho fatais
As iras com que às vezes me debordo.

Levo o dia a fumar, a beber coisas,
Drogas americanas que entontecem,
E eu já tão bêbado sem nada! Dessem
Melhor cérebro aos meus nervos como rosas.

Escrevo estas linhas. Parece impossível
Que mesmo ao ter talento eu mal o sinta!
O facto é que esta vida é uma quinta
Onde se aborrece uma alma sensível.

Os ingleses são feitos p'ra existir.
Não há gente como esta p'ra estar feita
Com a Tranquilidade. A gente deita
Um vintém e sai um deles a sorrir.

Pertenço a um género de portugueses
Que depois de estar a Índia descoberta
Ficaram sem trabalho. A morte é certa.
Tenho pensado nisto muitas vezes.

사는 것도 못 해먹겠다, 그리고 이따금 내 안에 치미는
이 분노들도 필연적이란 생각이 든다.

종일 피우고 마신다,
얼떨떨해지는 미국산 약들을,
아무것도 안 하고도 이미 이렇게 취한 나인데!
내 장미 같은 신경들에게 더 나은 두뇌가 주어지길.

이 구절들을 쓴다. 내게 재능이 있다 해도
거의 느껴지지도 않는 게 불가능한 일 같다!
한 가지 사실은 이 인생이 시골 농가라는 것
섬세한 영혼을 지루하게 만드는.

영국인들은 존재하기 위해 만들어졌다.
이토록 **평정**에 걸맞는 인간들도
없다. 우리가 이십[5]을 넣으면
그중 하나는 웃는 얼굴로 나온다.

나는 그런 포르투갈인 축에 속한다
인도가 발견되고 난 이후
일자리를 잃어버린. 죽음이란 틀림없는 것.
나는 이 생각을 자주 했다.

Leve o diabo a vida e a gente tê-la!
Nem leio o livro à minha cabeceira.
Enoja-me o Oriente. É um esteira
Que a gente enrola e deixa de ser bela.

Caio no ópio por força. Lá querer
Que eu leve a limpo uma vida destas
Não se pode exigir. Almas honestas
Com horas p'ra dormir e p'ra comer,

Que um raio as parta! E isto afinal é inveja.
Porque estes nervos são a minha morte.
Não haver um navio que me transporte
Para onde eu nada queira que o não veja!

Ora! Eu cansava-me do mesmo modo.
Qu'ria outro ópio mais forte p'ra ir de ali
Para sonhos que dessem cabo de mim
E pregassem comigo nalgum lodo.

Febre! Se isto que tenho não é febre,
Não sei como é que se tem febre e sente.

인생 그리고 그게 주어진 우리 운명, 지옥에나 가라지!
나는 침대 맡에서도 책 따위는 읽지 않는다.
동양에는 욕지기가 난다. 그건 말아 버리면
더 이상 아름답지 않은 멍석.

억지로 아편에 빠져든다.
나더러 이런 인생을 청산하라고
요구하는 건 무리다. 취침 시간과 식사 시간이
주어진 정직한 영혼들,

망할 것들 같으니! 이것도 결국 질투겠지.
이렇게 신경 쓰는 게 내 죽음일 테니.
보이지 않는 건 원치도 않을 곳으로
나를 데려다줄 배 한 척 없다니!

그래! 똑같은 방식으로 나는 지쳐 버리곤 했지.
저 너머로 갈 수 있게 더 센 아편을 원해
꿈을 꾸기 위해, 나를 끝장내 주고
어느 진흙탕에다 처박아 버릴.

열기! 만약 나한테 있는 이것이 열이 아니라면,
열이 있다는 게 뭐고 어떤 감각인지 나는 모른다.

O facto essencial é que estou doente.
Está corrida, amigos, esta lebre.

Veio a noite. Tocou já a primeira
Corneta, p'ra vestir para o jantar.
Vida social por cima! Isso! E marchar
Até que a gente saia p'la coleira!

Porque isto acaba mal e há-de haver
(Olá!) sangue e um revólver lá prò fim
Deste desassossego que há em mim
E não há forma de se resolver.

E quem me olhar, há-de me achar banal,
A mim e à minha vida... Ora! um rapaz...
O meu próprio monóculo me faz
Pertencer a um tipo universal.

Ah quanta alma haverá, que ande metida
Assim como eu na Linha, e como eu mística!
Quantos sob a casaca característica
Não terão como eu o horror à vida?

핵심적인 사실은 내가 병들었다는 것.
친구들, 이 토끼도 끝났어.

밤이 온다. 첫 번째 나팔이 분다
저녁 식사를 위해 차려입도록.
우선 사교 생활부터! 그거야! 그리고 행진하는 거지
목줄에서 벗어날 때까지!

이건 결말이 안 좋기 때문에
(호오!) 피도 보고 총도 나와야지 결국
해결할 방법이 없는
내 안에 있는 이 불안.

누가 날 본다면, 내가 진부하다고 생각하겠지,
나와 내 인생을…… 참! 젊은 친구가……
내 외눈 안경부터가 나를
전형적인 부류에 속하게 만들지.

아 얼마나 많은 영혼이, 나처럼 시키는 대로 하면서,
나처럼 신비주의자일까!
특유의 외투 아래서 나처럼 인생의 공포를
안 느끼는 사람은 얼마나 될까?

Se ao menos eu por fora fosse tão
Interessante como sou por dentro!
Vou no Maelstrom, cada vez mais prò centro.
Não fazer nada é a minha perdição.

Um inútil. Mas é tão justo sê-lo!
Pudesse a gente desprezar os outros
E, ainda que co'os cotovelos rotos,
Ser herói, doido, amaldiçoado ou belo!

Tenho vontade de levar as mãos
À boca e morder nelas fundo e a mal.
Era uma ocupação original
E distraía os outros, os tais sãos.

O absurdo como uma flor da tal Índia
Que não vim encontrar na Índia, nasce
No meu cérebro farto de cansar-se.
A minha vida mude-a Deus ou finde-a…

Deixe-me estar aqui, nesta cadeira,

내가 겉으로 봤을 때 최소한 나의
내면만큼이라도 흥미로운 사람이라면!
말스트룀[6]으로 진입한다, 점점 더 중심으로.
아무것도 안 하는 것이 나의 파멸.

쓸모없는 놈. 허나 너무도 정당하게 그럴 만한!
우리가 남들을 멸시할 수 있다면
그리고, 심지어 팔꿈치가 남루한 채로도,
영웅, 미치광이, 저주받은 혹은 아름다운 인간이 될 수
    있다면!

나는 손을 입에다 가져가서 깊고
아프게 물어뜯고 싶은 충동을 느낀다.
그것도 독창적인 소일거리겠군
남들을 즐겁게 해 주는 거지, 건전하다는 족속들을.

저 인도의 꽃 한 송이와도 같은 터무니없음
인도에서 발견하지 못한 그것이, 피어난다
이제 지치기에도 신물 난 나의 뇌 속에서.
신이시여 내 인생을 바꿔 주오 아니면 끝내든가……

여기에 있게 내버려 둬, 이 의자에,

Até virem meter-me no caixão.

Nasci p'ra mandarim de condição,

Mas faltam-me o sossego, o chá e a esteira.

Ah que bom que era ir daqui de caída

Prà cova por um alçapão de estouro!

A vida sabe-me a tabaco louro.

Nunca fiz mais do que fumar a vida.

E afinal o que quero é fé, é calma,

E não ter estas sensações confusas.

Deus que acabe com isto! Abra as eclusas ——

E basta de comédias na minh'alma!

1914, Março.

No canal de Suez, a bordo.

관 속에 나를 집어넣을 때까지.
나는 고위 관료가 되려고 태어났건만,
평정함, 차(茶) 그리고 멍석이 부족했다.

아, 이 바닥의 비밀 문으로 쿵하고 추락해 버려서
땅 구덩이에 묻힌다면 좋으련만!
삶은 나에게 순한 담배 맛.
인생을 피워 버린 것 말고는 평생 한 게 없구나.

결국 내가 바란 그것은 믿음, 평온,
그리고 이런 혼란스런 감각들이 없기를.
신이여 이제 그만 이걸 끝내 주오! 수문을 열어 주오 ─
내 영혼의 희극은 이걸로 충분해!

(1914년 3월, 수에즈 운하, 선상에서)

LISBON REVISITED(1923)

Não: não quero nada.

Já disse que não quero nada.

Não me venham com conclusões!

A única conclusão é morrer.

Não me tragam estéticas!

Não me falem em moral!

Tirem-me daqui a metafísica!

Não me apregoem sistemas completos, não me enfileirem
conquistas

Das ciências (das ciências, Deus meu, das ciências!) —

Das ciências, das artes, da civilização moderna!

Que mal fiz eu aos deuses todos?

Se têm a verdade, guardem-na!

Sou um técnico, mas tenho técnica só dentro da técnica.

Fora disso sou doido, com todo o direito a sê-lo.

Com todo o direito a sê-lo, ouviram?

리스본 재방문(1923)

아니, 아무것도 원하지 않아.
이미 말했어 아무것도 원치 않는다고.

나한테 결론들 따위 들고 오지 마!
유일한 결론은 죽음.

미학도 가져오지들 마!
도덕에 대해서도 말하지 마!
형이상학 따위 내 앞에서 치워 버려!
완벽한 시스템도 떠들어 대지 말고, 과학의 성취들에 대해
늘어놓지도 말라고 (과학, 하느님 맙소사, 과학이라니!) ──
과학, 예술, 현대 문명에 대해서도!

내가 신들 모두에게 무슨 잘못이라도 저질렀나?

진리를 갖고 있거든, 보관하고 있으라 그래!

나는 기술자야, 하지만 딱 기술 안에서의 기술만 가졌을 뿐.
그 바깥에서 나는 미치광이라고, 그럴 만한 모든 권리가
　　있고.
그럴 만한 모든 권리가 있다니까, 다들 내 말이 들려?

Não me macem, por amor de Deus!

Queriam-me casado, fútil, quotidiano e tributável?
Queriam-me o contrário disto, o contrário de qualquer cousa?
Se eu fosse outra pessoa, fazia-lhes, a todos, a vontade.
Assim, como sou, tenham paciência!
Vão para o diabo sem mim,
Ou deixem-me ir sozinho para o diabo!
Para que havemos de ir juntos?

Não me peguem no braço!
Não gosto que me peguem no braço. Quero ser sozinho.
Já disse que sou só sozinho!
Ah, que maçada quererem que eu seja de companhia!

Ó céu azul — o mesmo da minha infância —,
Eterna verdade vazia e perfeita!
Ó macio Tejo ancestral e mudo,
Pequena verdade onde o céu se reflecte!
Ó mágoa revisitada, Lisboa de outrora de hoje!

날 성가시게 하지 마, 제발 좀!

내가 결혼하기를, 부질없기를, 평범한 납세자이기를 바라?
아니면 내가 그 반대이길 바라, 뭐가 되건 그 반대이길?
내가 만약 다른 사람이었다면, 너희에게, 모두에게, 원하는
    대로 해 주겠는데.
내가 이래, 그러니까 진정들 하라고!
나 없이 지옥으로들 가라고
아니면 나 혼자 지옥에 가게 놔두던가!
대체 왜 같이 가야 하냐고?

내 팔 좀 붙잡지 마!
나는 누가 내 팔을 잡는 게 싫어. 혼자 있고 싶어.
나는 혼자만 있겠다고 이미 말했다!
아, 귀찮게 내가 같이 어울리기를 바라다니!

아 파란 하늘 ── 내 어린 시절과 똑같은 ──
영원하고 완벽한 텅 빈 진리!
태곳적 고요하고 온화한 테주 강이여,
하늘이 반사되는 조그마한 진리여!
오 다시 방문한 아픔, 오늘의 옛날 옛적 리스본!

Nada me dais, nada me tirais, nada sois que eu me sinta.

Deixem-me em paz! Não tardo, que eu nunca tardo...
E enquanto tarda o Abismo e o Silêncio quero estar sozinho!

내게 아무것도 주지도 않고, 가져가지도 않고, 너는 내가
　　나라고 느끼는 그 무엇도 아니구나.

나를 그냥 내버려 둬! 오래 안 걸려, 난 절대 오래 안
　　걸린다고……
침묵과 심연이 늦어지는 동안만큼은 나 혼자 있고 싶어!

LISBON REVISITED(1926)

Nada me prende a nada.

Quero cinquenta coisas ao mesmo tempo.

Anseio com uma angústia de fome de carne

O que não sei que seja —

Definidamente pelo indefinido…

Durmo irrequieto, e vivo num sonhar irrequieto

De quem dorme irrequieto, metade a sonhar.

Fecharam-me todas as portas abstractas e necessárias.

Correram cortinas por dentro de todas as hipóteses que eu

poderia ver da rua.

Não há na travessa achada o número de porta que me deram.

Acordei para a mesma vida para que tinha adormecido.

Até os meus exércitos sonhados sofreram derrota.

Até os meus sonhos se sentiram falsos ao serem sonhados.

Até a vida só desejada me farta — até essa vida…

Compreendo a intervalos desconexos;

Escrevo por lapsos de cansaço;

E um tédio que é até do tédio arroja-me à praia.

리스본 재방문(1926)

아무것도 나를 붙잡지 못해.

나는 한꺼번에 쉰 가지를 원해.

나는 육욕의 갈망에 사로잡히지.

뭔지 모르는 것에 대한 ──

불분명함으로 분명한……

나는 불안하게 자고, 불안한 꿈결에 살지

반쯤만 꿈꾸며, 불안스럽게 잠자는 사람처럼.

내게서 추상적이고 유용한 문들은 모두 닫아 버렸어.

내가 거리에서 볼 수 있었던 모든 가능성들에는 커튼이

    쳐졌어.

내가 찾은 골목에는 그들이 가르쳐 준 주소가 없어.

나는 내가 잠든 그 삶으로 깨어났어.

내가 꿈꿨던 군대들마저 패배해 버렸어.

내 꿈들마저 꿈꾸면서 가짜라고 느껴졌어.

내가 바라기만 했던 그 삶도 이제는 물려 ── 그 삶마저……

나는 중간중간 끊겨 가면서 이해를 하지,

피로가 쉬는 시간을 틈타 글을 쓰고,

싫증에 싫증 난 싫증이 나를 해변에 내던지지.

Não sei que destino ou futuro compete à minha angústia sem
    leme;
Não sei que ilhas do Sul impossível aguardam-me náufrago;
Ou que palmares de literatura me darão ao menos um verso.

Não, não sei isto, nem outra cousa, nem cousa nenhuma…
E, no fundo do meu espírito, onde sonho o que sonhei,
Nos campos últimos da alma, onde memoro sem causa
(E o passado é uma névoa natural de lágrimas falsas),
Nas estradas e atalhos das florestas longínquas
Onde supus o meu ser,
Fogem desmantelados, últimos restos
Da ilusão final,
Os meus exércitos sonhados, derrotados sem ter sido,
As minhas coortes por existir, esfaceladas em Deus.

Outra vez te revejo,
Cidade da minha infância pavorosamente perdida…
Cidade triste e alegre, outra vez sonho aqui…

어떤 운명이나 미래가 표류하는 나의 괴로움에 속하는지
　　나는 모르겠어,
어떤 불가능한 남쪽 섬들이 내 난파를 기다리고 있는지도
　　나는 모르겠어,
어떤 문학의 야자수들이 내게 시 한 수 줄 수 있을지도.

모르겠어, 나는 이것도, 저것도, 아무것도 모르겠어……
그리고, 내 정신 깊은 곳에서, 내가 꿈꾸던 걸 꿈꾸는
　　곳에서,
영혼의 마지막 들판들에서, 내가 이유 없이 기억하는
　　곳에서,
(그리고 과거란 가짜 눈물로 핀 자연스런 안개)
길들과 먼 숲의 오솔길들
내가 존재했다고 짐작했던 그곳들에서,
뿔뿔이 흩어져 달아나는, 마지막 환상 속의
최후의 패잔병들,
존재한 적도 없이 패배해 버린, 내 꿈의 군대들,
제대로 있어 보지도 못한 내 보병대는, 신에 의해 전멸당했어.

다시 한번 너를 돌아본다,
끔찍하게 잃어버린 내 유년의 도시……
슬프고 기쁜 도시, 다시 한번 여기서 꿈꾸네……

Eu? Mas sou eu o mesmo que aqui vivi, e aqui voltei,

E aqui tornei a voltar, e a voltar,

E aqui de novo tornei a voltar?

Ou somos, todos os Eu que estive aqui ou estiveram,

Uma série de contas-entes ligadas por um fio-memória,

Uma série de sonhos de mim de alguém de fora de mim?

Outra vez te revejo,

Com o coração mais longínquo, a alma menos minha.

Outra vez te revejo — Lisboa e Tejo e tudo — ,

Transeunte inútil de ti e de mim,

Estrangeiro aqui como em toda a parte,

Casual na vida como na alma,

Fantasma a errar em salas de recordações,

Ao ruído dos ratos e das tábuas que rangem

No castelo maldito de ter que viver…

Outra vez te revejo,

Sombra que passa através de sombras, e brilha

나라고? 그런데 그 나는 여기 살았던, 여기 돌아온 나와
  같을까,
여기 다시 돌아온, 그리고 또다시 돌아올,
그리고 또다시 한번 여기 돌아올 나와?
아니면 우리, 여기 있었던 나 혹은 있었을 모든 나들은,
기억-끈으로 연이은 염주 같은 것들인가,
나 아닌 누군가가 꾼 나에 관한 일련의 꿈들인가?

다시 한번 너를 돌아본다,
더 멀어진 마음과, 덜 내 것 같은 영혼으로.

다시 한번 너를 돌아본다 ── 리스본과 테주 그리고 모두
  다 ──,
너와 나에겐 소용없는 행인,
다른 모든 곳처럼 여기서도 이방인,
영혼에서처럼 삶에서도 우연적인,
기억의 방들을 배회하는 유령,
그 속에 갇혀 살도록 저주가 내려진 어느 성 안의
삐걱거리는 마룻바닥과 쥐 소리⋯⋯

다시 한번 너를 돌아본다,
그림자들을 통과하는 그림자를, 그리고 한순간

Um momento a uma luz fúnebre desconhecida,

E entra na noite como um rastro de barco se perde

Na água que deixa de se ouvir...

Outra vez te revejo,

Mas, ai, a mim não me revejo!

Partiu-se o espelho mágico em que me revia idêntico,

E em cada fragmento fatídico vejo só um bocado de mim —

Um bocado de ti e de mim!...

미지의 스산한 불빛에 반짝이면서,
고요히 잦아드는 물결 속으로
사라지는 배의 자취처럼 밤으로 접어드네⋯⋯

다시 한번 너를 돌아본다,
아니, 아, 나는 돌아볼 수가 없구나!
내 모습이 한결같아 보이던 그 마법의 거울은 부서지고,
불길한 파편들 속에 그저 나의 조각만 보이는구나 ─
너 조금 그리고 나 조금⋯⋯!

TABACARIA

Não sou nada.

Nunca serei nada.

Não posso querer ser nada.

À parte isso, tenho em mim todos os sonhos do mundo.

Janelas do meu quarto,

Do meu quarto de um dos milhões do mundo que ninguém
   sabe quem é

(E se soubessem quem é, o que saberiam?),

Dais para o mistério de uma rua cruzada constantemente por
   gente,

Para uma rua inacessível a todos os pensamentos,

Real, impossivelmente real, certa, desconhecidamente certa,

Com o mistério das coisas por baixo das pedras e dos seres,

Com a morte a pôr humidade nas paredes e cabelos brancos
   nos homens,

Com o Destino a conduzir a carroça de tudo pela estrada de nada.

Estou hoje vencido, como se soubesse a verdade.

Estou hoje lúcido, como se estivesse para morrer,

E não tivesse mais irmandade com as coisas

Senão uma despedida, tornando-se esta casa e este lado da rua

담배 가게

나는 아무것도 아니다.
영영 아무것도 되지 않을 것이다.
무언가가 되기를 원할 수조차 없다.
이걸 제외하면, 나는 이 세상 모든 꿈을 품고 있다.

내 방의 창문들,
아무도 누군지 모르는 이 세상 수백만 개 중 하나인 내
　　방에서,
(그리고 만약 안다 한들, 뭘 안단 말인가?)
너희는 행인들이 끊임없이 다니는 어느 길의 신비로 나
　　있구나,
그 어떤 생각들에도 접근 불가한 길로,
진짜, 말도 안 되게 진짜이며, 맞는, 알 수 없게 맞는 길로,
돌들과 만물 아래 존재하는 것들의 신비와 함께,
벽을 습기로 채우고 머리카락을 희끗하게 만드는 죽음과
　　함께,
전부의 마차를 무(無)의 큰길로 모는 운명과 함께.

나는 오늘 패배했다, 마치 진리를 깨달은 것처럼.
나는 오늘 또렷하다, 마치 죽음을 맞이한 것처럼,
마치 사물들과 더는 우애를 느끼지 못하는 것처럼,
그저 작별뿐, 이 집 그리고 이쪽 편 길이

A fileira de carruagens de um comboio, e uma partida apitada
De dentro da minha cabeça,
E uma sacudidela dos meus nervos e um ranger de ossos na ida.

Estou hoje perplexo, como quem pensou e achou e esqueceu.
Estou hoje dividido entre a lealdade que devo
À Tabacaria do outro lado da rua, como coisa real por fora,
E à sensação de que tudo é sonho, como coisa real por dentro.

Falhei em tudo.
Como não fiz propósito nenhum, talvez tudo fosse nada.
A aprendizagem que me deram,
Desci dela pela janela das traseiras da casa.
Fui até ao campo com grandes propósitos.
Mas lá encontrei só ervas e árvores,
E quando havia gente era igual à outra.
Saio da janela, sento-me numa cadeira. Em que hei-de pensar?

열 지어 늘어선 기차들로 변하면서, 나의 머릿속에
출발을 알리는 호적(號笛) 소리,
출발과 동시에 떨리는 신경들과 삐걱거리는 뼈들.

나는 오늘 어리둥절하다, 고민했고 찾았고 잊어버린
　　사람처럼.
나는 오늘 갈라져 있다
바깥의 현실 같은, 맞은편 담배 가게에 대한 충성심과
내면의 현실 같은, 전부 꿈이라는 감각에 대한 충성심
　　사이에서.

나는 모든 것에 실패했다.
아무런 목표도 세우지 않았기에, 어쩌면 그 모든 게
　　아무것도 아니었는지도.
집의 뒤편으로 난 창문을 통해
나는 내가 배운 교훈으로부터 내려왔다.
큰 뜻을 품고 시골까지 갔으나,
거기서 발견한 건 그저 풀과 나무뿐,
어쩌다 사람이 있다 싶으면 남들과 다를 바 없었다.
창가를 떠나, 나는 의자에 앉는다. 무슨 생각을 해야 할
　　것인가?

Que sei eu do que serei, eu que não sei o que sou?

Ser o que penso? Mas penso ser tanta coisa!

E há tantos que pensam ser a mesma coisa que não pode haver
tantos!

Génio? Neste momento

Cem mil cérebros se concebem em sonho génios como eu,

E a história não marcará, quem sabe?, nem um,

Nem haverá senão estrume de tantas conquistas futuras.

Não, não creio em mim.

Em todos os manicómios há doidos malucos com tantas
certezas!

Eu, que não tenho nenhuma certeza, sou mais certo ou menos
certo?

Não, nem em mim…

Em quantas mansardas e não-mansardas do mundo

Não estão nesta hora génios-para-si-mesmos sonhando?

Quantas aspirações altas e nobres e lúcidas —

Sim, verdadeiramente altas e nobres e lúcidas — ,

E quem sabe se realizáveis,

Nunca verão a luz do sol real nem acharão ouvidos de gente?

내가 뭐가 될지 난들 알겠는가, 내가 뭔지도 모르는 내가?
내가 생각하는 게 된다고? 하지만 너무나 많은 게 될
　　생각인걸!
너무나 많은 이들이 똑같은 게 되려 하는데, 그렇게 많이는
　　있을 수 없다!
천재? 이 순간에
10만 개의 뇌가 나처럼 천재라고 꿈속에서 상상하지만,
누가 알랴, 역사는 단 한 명도 기억하지 않을 것이며
미래의 수많은 성취들의 거름일 뿐이리라.
아니, 나는 나 자신을 믿지 않는다.
모든 정신 병동마다 확신에 찬 정신병자들이 얼마나
　　많은가!
나, 아무런 확신이 없는 나는, 그들보다 더 옳을까 아니면
　　덜?
아니, 나는 나 자신조차……
세상의 수많은 다락방과 다락 — 아닌 방들 중
이 시각에 자칭 천재들이 꿈꾸고 있지 않은 곳이 몇이나
　　될까?
드높고 고귀하고 비상한 열망들
── 그래, 정말로 높고 고귀하고 비상한,
게다가 실현이 될지 모르는 것들 중 얼마나 많은 것들이,
단 한 번도 진짜 햇빛을 못 보거나, 들어 줄 귀 하나 못

O mundo é para quem nasce para o conquistar

E não para quem sonha que pode conquistá-lo, ainda que

tenha razão.

Tenho sonhado mais que o que Napoleão fez.

Tenho apertado ao peito hipotético mais humanidades do que

Cristo.

Tenho feito filosofias em segredo que nenhum Kant escreveu.

Mas sou, e talvez serei sempre, o da mansarda,

Ainda que não more nela;

Serei sempre o *que não nasceu para isso;*

Serei sempre só o *que tinha qualidades;*

Serei sempre o que esperou que lhe abrissem a porta ao pé de

uma parede sem porta,

E cantou a cantiga do Infinito numa capoeira,

E ouviu a voz de Deus num poço tapado.

Crer em mim? Não, nem em nada.

Derrame-me a Natureza sobre a cabeça ardente

O seu sol, a sua chuva, o vento que me acha o cabelo,

E o resto que venha se vier, ou tiver que vir, ou não venha.

Escravos cardíacos das estrelas,

Conquistámos todo o mundo antes de nos levantar da cama;

찾을까?

이 세계는 정복하려고 태어난 자를 위한 것이지

정복할 수 있다고 꿈꾸는 자를 위한 게 아니다, 설사 그들이
        맞다 해도.

나는 나폴레옹이 이룬 것보다 더 많이 꿈꿨다.

나는 가상의 품에 예수보다 많은 인류애를 품었다.

나는 그 어떤 칸트도 쓰지 못한 철학들을 비밀리에 만들어
        냈다.

하지만 나는 지금, 그리고 아마 영원히, 다락방의 아무개,

비록 거기 살지는 않지만,

나는 항상 무언가를 위해 타고나지는 않은 사람일 것이고,

나는 항상 단지 자질은 있었던 사람일 것이며,

나는 항상 문 없는 벽 앞에서 문 열어 주길 기다린 사람일
        것이다.

닭장에서 무한의 노래 시들을 노래한,

덮여 있는 우물에서 신의 목소리를 들은.

나 자신을 믿느냐고? 아니, 나는커녕 아무것도.

뜨거운 내 머리 위로 **자연**을 들이부어라

그 태양, 비, 그리고 내 머리카락을 스치는 바람,

나머지는 오려면, 아니 와야 하면 오고, 아니면 말아라.

별들의 심장의 노예들, 우리는

침대에서 일어나기 전까지는 세계를 정복했었지,

Mas acordámos e ele é opaco,

Levantámo-nos e ele é alheio,

Saímos de casa e ele é a terra inteira,

Mais o sistema solar e a Via Láctea e o Indefinido.

(Come chocolates, pequena;

Come chocolates!

Olha que não há mais metafísica no mundo senão chocolates.

Olha que as religiões todas não ensinam mais que a confeitaria.

Come, pequena suja, come!

Pudesse eu comer chocolates com a mesma verdade com que

comes!

Mas eu penso e, ao tirar o papel de prata, que é de folha de

estanho,

Deito tudo para o chão, como tenho deitado a vida.)

Mas ao menos fica da amargura do que nunca serei

A caligrafia rápida destes versos,

Pórtico partido para o Impossível.

Mas ao menos consagro a mim mesmo um desprezo sem lágrimas,

Nobre ao menos no gesto largo com que atiro

A roupa suja que sou, sem rol, p'ra o decurso das coisas,

깨어났더니, 그것이 흐릿하고,
일어났더니, 그것이 낯설다,
우리가 집을 나서자, 그것은 지구 전체이며,
또한 태양계이자 은하수이자 무한이다.

(어린 소녀야, 초콜릿을 먹어,
어서 초콜릿을 먹어!
봐, 세상에 초콜릿 이상의 형이상학은 없어.
모든 종교들은 제과점보다도 가르쳐 주는 게 없단다.
먹어, 지저분한 어린애야, 어서 먹어!
나도 네가 먹는 것처럼 그렇게 진심으로 초콜릿을 먹을 수
    있다면!
하지만 나는 잠시 생각을 하고 선, 은으로 된 종이, 은박
    포장지를 뜯자마자
모두 다 땅에 버려 버린다, 삶을 버렸던 것처럼.)

하지만 내가 절대 되지 못할 것들을 향한 쓸쓸함으로
최소한 이 시구들의 서투른 글씨체,
불가능으로 향하는 부서진 관문은 남는다.
그러나 나는 적어도 나에게 멸시를 바친다, 눈물 없이,
우아하게, 적어도 동작만큼은 느리게 내던진다
나라는 그 더러운 옷을, 되는대로, 만물의 흐름에 맡기듯,

E fico em casa sem camisa.

(Tu, que consolas, que não existes e por isso consolas,

Ou deusa grega, concebida como estátua que fosse viva,

Ou patrícia romana, impossivelmente nobre e nefasta,

Ou princesa de trovadores, gentilíssima e colorida,

Ou marquesa do século dezoito, decotada e longínqua,

Ou cocote célebre do tempo dos nossos pais,

Ou não sei quê moderno — não concebo bem o quê — ,

Tudo isso, seja o que for, que sejas, se pode inspirar que inspire!

Meu coração é um balde despejado.

Como os que invocam espíritos invocam espíritos invoco

A mim mesmo e não encontro nada.

Chego à janela e vejo a rua com uma nitidez absoluta.

Vejo as lojas, vejo os passeios, vejo os carros que passam,

Vejo os entes vivos vestidos que se cruzam,

Vejo os cães que também existem,

E tudo isto me pesa como uma condenação ao degredo,

E tudo isto é estrangeiro, como tudo.)

그렇게 나는 상의도 입지 않은 채 집에 있다.

(너, 위로하는 너, 존재하지도 않는 그래서 위로가 되는
    너는,
혹은 살아 있는 조각상처럼 상상되는 그리스의 여신,
혹은 말도 안 되게 고상하고 불길한 로마의 귀족 여인,
혹은 지극히 온순하고 화려한 방랑 시인들의 공주,
혹은 어깨를 드러낸 채 냉담한 18세기의 후작 부인,
혹은 우리 아버지 세대를 풍미하던 고급 창녀들,
혹은 무언가 현대적인, — 정확히 뭔지 모르겠는 —
이 모든 게, 뭐가 됐건, 누가 됐건, 영감을 줄 수 있다면
    주기를!
내 마음은 비워진 양동이.
혼을 불러내는 사람들이 불러내는 것처럼 나도 나 자신을
불러내지만 아무것도 찾지 못한다.
창문가로 가서 온전한 투명함으로 길거리를 바라본다.
상점들을 보고, 인도들을 보고, 지나가는 자동차들을 본다.
서로 교차해 지나가는 옷 입은 생명체들을 본다,
더불어 개들도 존재하고 있음을 본다,
이 모든 것이 추방 선고처럼 무겁게 짓누르고,
이 모든 것이 낯설다, 다른 모든 것처럼.)

Vivi, estudei, amei, e até cri,

E hoje não há mendigo que eu não inveje só por não ser eu.

Olho a cada um os andrajos e as chagas e a mentira,

E penso: talvez nunca vivesses nem estudasses nem amasses

nem cresses

(Porque é possível fazer a realidade de tudo isso sem fazer nada

disso);

Talvez tenhas existido apenas, como um lagarto a quem cortam

o rabo

E que é rabo para aquém do lagarto remexidamente.

Fiz de mim o que não soube,

E o que podia fazer de mim não o fiz.

O dominó que vesti era errado.

Conheceram-me logo por quem não era e não desmenti, e

perdi-me.

Quando quis tirar a máscara,

Estava pegada à cara.

Quando a tirei e me vi ao espelho,

Já tinha envelhecido.

Estava bêbado, já não sabia vestir o dominó que não tinha

tirado.

나는 살았고, 공부했고, 사랑했다, 심지어 믿기까지 했다,
오늘은 부럽지 않은 거지가 없구나 최소한 나는 아니라서
각자의 누더기들과 상처들과 거짓말을 바라보며,
나는 생각한다: 어쩌면 너는 한 번도 살지도 공부하지도
　　사랑하지도 믿지도 않았겠구나.
(왜냐하면 이것들은 전부, 전혀 안 하면서도 하는 게
　　가능하니까.)
어쩌면 너는 겨우 존재한 것뿐일지도, 마치 꼬리 잘린
　　도마뱀처럼,
꼬리는 꼬리대로 도마뱀으로부터 떨어져 꿈틀대는.

나는 나를 가지고 나도 몰랐던 걸 만들었고,
나를 가지고 만들 수 있는 건 안 만들었다.
내가 입었던 도미노[7]는 잘못된 것이었다.
그들은 내가 누가 아닌지를 곧바로 알아봤고, 나는
　　부정하지 않았고, 그렇게 나를 잃어버렸다.
가면을 벗으려고 했을 때는,
내 얼굴에 달라붙어 있었다.
그걸 떼어 내고 거울로 날 봤을 때는,
나는 이미 늙어 있었다.
취해 있었고, 벗은 적도 없는 도미노를 이제는 어떻게 입을
　　줄도 몰랐다.

Deitei fora a máscara e dormi no vestiário
Como um cão tolerado pela gerência
Por ser inofensivo
E vou escrever esta história para provar que sou sublime.

Essência musical dos meus versos inúteis,
Quem me dera encontrar-te como coisa que eu fizesse,
E não ficasse sempre defronte da Tabacaria de defronte,
Calcando aos pés a consciência de estar existindo,
Como um tapete em que um bêbado tropeça
Ou um capacho que os ciganos roubaram e não valia nada.

Mas o Dono da Tabacaria chegou à porta e ficou à porta.
Olho-o com desconforto da cabeça mal voltada
E com o desconforto da alma mal-entendendo.
Ele morrerá e eu morrerei.
Ele deixará a tabuleta, eu deixarei versos.
A certa altura morrerá a tabuleta também, e os versos também.
Depois de certa altura morrerá a rua onde esteve a tabuleta,
E a língua em que foram escritos os versos.
Morrerá depois o planeta girante em que tudo isto se deu.
Em outros satélites de outros sistemas qualquer coisa como gente

나는 가면을 버리고 탈의실에서 잠들었다
해칠 염려가 없다고
관리자가 눈감아 주는 개처럼
그리고 나는 내 숭고를 증명하기 위해 이 이야기를 쓸 것이다.

내 쓸모없는 시구들의 음악적 본질,
내가 만들어 낸 무언가처럼 널 만날 수만 있다면,
맞은편 담배 가게와 항상 마주하지 않고,
존재한다는 의식을 밟고 선다면,
마치 취객이 걸려 넘어지는 카페트 혹은
집시들이 훔친 아무짝에도 쓸모없는 문간 깔개처럼.

그런데 담배 가게 주인이 나타나서 문가에 선다.
나는 머리를 반쯤만 돌린 불안한 자세로, 또
반쯤만 이해된 영혼의 불편한 심기로 그를 바라본다.
그도 죽겠지 그리고 나도 죽겠지.
그는 간판을 남기고, 나는 시를 남기겠지.
언젠가 때가 오면 간판도 죽을 것이고, 시도 마찬가지.
얼마간 시간이 흐르면 간판이 있던 거리도 죽겠지,
그리고 내가 시를 쓴 언어도.
이 모든 게 벌어진 회전하는 행성도 죽겠지.
다른 행성들의 다른 행성계에서는 사람 비슷한 무언가가

Continuará fazendo coisas como versos e vivendo por baixo de
   coisas como tabuletas,
Sempre uma coisa defronte da outra,
Sempre uma coisa tão inútil como a outra,
Sempre o impossível tão estúpido como o real,
Sempre o mistério do fundo tão certo como o sono de mistério
   da superfície,
Sempre isto ou sempre outra coisa ou nem uma coisa nem outra.

Mas um homem entrou na Tabacaria (para comprar tabaco?),
E a realidade plausível cai de repente em cima de mim.
Semiergo-me enérgico, convencido, humano,
E vou tencionar escrever estes versos em que digo o contrário.

Acendo um cigarro ao pensar em escrevê-los
E saboreio no cigarro a libertação de todos os pensamentos.
Sigo o fumo como a uma rota própria,
E gozo, num momento sensitivo e competente,
A libertação de todas as especulações
E a consciência de que a metafísica é uma consequência de
   estar mal disposto.

계속해서 시 같은 걸 지을 테고, 간판 같은 것 아래 살겠지,
항상 어느 하나가 다른 하나를 마주 보면서,
항상 어느 하나가 다른 하나만큼이나 쓸모없이,
항상 불가능은 현실만큼이나 어리석게,
항상 깊은 신비는 잠든 표면의 신비만큼 확실하게,
항상 이것 또는 저것, 또는 이것도 저것도 아닌.

그런데 한 남자가 담배 가게에 들어섰다 (담배를 사러?)
그러자 갑자기 그럴듯한 현실이 내 머리 위로 무너진다.
나는 활력과 확신에 차서, 인간적으로, 엉거주춤 일어나,
정반대로 말하는 이 시구들을 쓰려 할 것이다.

나는 담배에 불을 붙이고 그걸 쓸 생각에 잠기며
그 담배에서 모든 사상들의 자유를 맛본다.
나름의 길이라도 되듯 연기를 따라가 보며,
나는 만끽한다, 예민하고 적절한 어느 순간에,
모든 사변으로부터의 자유를
그리고 형이상학이 불쾌한 기분의 결과라는 자각.

Depois deito-me para trás na cadeira

E continuo fumando.

Enquanto o Destino mo conceder, continuarei fumando.

(Se eu casasse com a filha da minha lavadeira

Talvez fosse feliz.)

Visto isto, levanto-me da cadeira. Vou à janela.

O homem saiu da Tabacaria (metendo troco na algibeira das

calças?).

Ah, conheço-o: é o Esteves sem metafísica.

(O Dono da Tabacaria chegou à porta.)

Como por um instinto divino o Esteves voltou-se e viu-me.

Acenou-me adeus, gritei-lhe *Adeus ó Esteves!*, e o universo

Reconstruiu-se-me sem ideal nem esperança, e o Dono da

Tabacaria sorriu.

15-1-1928

그런 다음 나는 의자 뒤로 몸을 젖히고
계속해서 담배를 피운다.
운명이 내게 허락하는 한, 계속해서 피우리.

(내가 우리 세탁부 딸과 결혼했다면
어쩌면 행복했을지도 모르지.)
여기까지 상상하고, 의자에서 일어난다. 창문으로 간다.

남자는 담배 가게에서 나왔다. (잔돈을 호주머니에 넣으며?)
아, 아는 사람이다. 그는 형이상학 없는 에스테베스.
(담배 가게 주인이 문간에 섰다.)
마치 신이 내린 본능처럼, 에스테베스도 몸을 돌려 나를
　　보았다.
그는 내게 잘 가라고 손을 흔들었고, 나도 외쳤다 잘 가
　　에스테베스! 그리고 우주는
이상도 희망도 없이 내 앞에 재구축되었고, 담배 가게 주인은
　　미소를 지었다.

(1928년 1월 15일)

MESTRE, MEU MESTRE QUERIDO!

Mestre, meu mestre querido!
Coração do meu corpo intelectual e inteiro!
Vida da origem da minha inspiração!
Mestre, que é feito de ti nesta forma de vida?

Não cuidaste se morrerias, se viverias, nem de ti nem de nada,
Alma abstracta e visual até aos ossos,
Atenção maravilhosa ao mundo exterior sempre múltiplo,
Refúgio das saudades de todos os deuses antigos,
Espírito humano da terra materna,
Flor acima do dilúvio da inteligência subjectiva...

Mestre, meu mestre!
Na angústia sensacionista de todos os dias sentidos,
Na mágoa quotidiana das matemáticas de ser,
Eu, escravo de tudo como um pó de todos os ventos,
Ergo as mãos para ti, que estás longe, tão longe de mim!

Meu mestre e meu guia!

스승, 나의 사랑하는 스승이여!

스승, 나의 사랑하는 스승이여!
내 지적인 몸 전체의 심장!
내 영감의 원천이 되는 생명!
스승이여, 이런 삶의 방식에 당신에게는 어떤 일들이
　　있었나?

당신은 죽는 것도 개의치 않았지, 사는 것도, 당신이건 그
　　무엇에 대해서건,
뼛속까지 추상적이고 시각적인 영혼,
언제나 복수인 외부 세계에 대한 놀라운 집중,
모든 오래된 신들을 향한 향수의 피난처,
어머니 대지의 인간 혼,
주관적 지성의 범람 위에 핀 꽃……

스승, 나의 스승이여!
감각한 모든 날들에 대한 감각주의적 번민에서,
존재의 수학에 대한 일상적인 고통 속에서,
나, 모든 바람의 먼지처럼 모든 것의 노예인 나는
저 멀리, 내게서 너무나 멀리 떨어진 당신을 향해 손을 들어
　　올리네!

내 스승 그리고 나의 인도자여!

A quem nenhuma coisa feriu, nem doeu, nem perturbou,
Seguro como um sol fazendo o seu dia involuntariamente,
Natural como um dia mostrando tudo,
Meu mestre, meu coração não aprendeu a tua serenidade.
Meu coração não aprendeu nada.
Meu coração não é nada,
Meu coração está perdido.

Mestre, só seria como tu se tivesse sido tu.
Que triste a grande hora alegre em que primeiro te ouvi!
Depois tudo é cansaço neste mundo subjectivado,
Tudo é esforço neste mundo onde se querem coisas,
Tudo é mentira neste mundo onde se pensam coisas,
Tudo é outra coisa neste mundo onde tudo se sente.
Depois, tenho sido como um mendigo deixado ao relento
Pela indiferença de toda a vila.
Depois, tenho sido como as ervas arrancadas,
Deixadas aos molhos em alinhamentos sem sentido.
Depois, tenho sido eu, sim eu, por minha desgraça,
E eu, por minha desgraça, não sou eu nem outro nem
    ninguém.

그 무엇에도 상처받지 않았던, 아파하거나, 동요하지 않았던
　　당신,
무심코 하루를 만드는 태양처럼 흔들림 없이,
모든 걸 드러내 주는 낮처럼 자연스럽게,
내 스승이여, 내 마음은 당신의 평정함을 배우지 못했다.
내 마음은 아무것도 배우지 못했다.
내 마음은 아무것도 아니다.
내 마음은 길을 잃었다.

스승이여, 내가 당신이었다면 오로지 당신처럼 되리라
당신을 처음 들은 그 엄청나고 기쁜 시간이 어찌나 슬픈지!
그 후, 주관화된 이 세상에서 모든 것은 피로요,
무언가를 욕망하는 이 세상에서 모든 것은 노력이고,
무언가를 생각하는 이 세상에서 모든 것은 거짓말이고,
모든 걸 느끼는 이 세상에서 모든 것은 다른 무언가다.
그 후, 나는 노숙하는 거지처럼 되어 버렸지
온 동네의 무관심 때문에.
그다음에는, 뿌리 뽑힌 풀들처럼 되었지,
짚단 위에 놓여 무의미하게 줄 지어져서.
그 후, 난 내가 되었지, 그래 나 말야, 불행하게도,
그리고 나는, 불행히도, 나도 아니고 남도 아니고 아무도
　　아니다.

Depois, mas por que é que ensinaste a clareza da vista,

Se não me podias ensinar a ter a alma com que a ver clara?

Por que é que me chamaste para o alto dos montes

Se eu, criança das cidades do vale, não sabia respirar?

Por que é que me deste a tua alma se eu não sabia que fazer

  dela,

Como quem está carregado de ouro num deserto,

Ou canta com voz divina entre ruínas?

Por que é que me acordaste para a sensação e a nova alma,

Se eu não saberei sentir, se a minha alma é de sempre a minha?

Prouvera ao Deus ignoto que eu ficasse sempre aquele

Poeta decadente, estupidamente pretensioso, ´

Que poderia ao menos vir a agradar,

E não surgisse em mim a pavorosa ciência de ver.

Para que me tornaste eu? Deixasses-me ser humano!

Feliz o homem marçano,

Que tem a sua tarefa quotidiana normal, tão leve ainda que

  pesada,

그다음? 그런데 어쩌자고 맑게 보기를 가르쳤단 말인가,
맑게 볼 영혼을 가지는 법은 가르쳐 주지 못하면서?
왜 산봉우리로 나를 불러냈단 말인가
나, 계곡 도시의 아이인 나는, 숨 쉴 줄도 몰랐는데?
어째서 내게 당신의 영혼을 주었단 말인가, 나는 그걸로 뭘
　　할지도 몰랐는데,
사막 한가운데 금을 지고 가는 사람처럼, 혹은
폐허 속에 신 내린 목소리로 노래하는 사람처럼?
왜 나를 새로운 영혼과 감각으로 깨웠단 말인가,
내가 느낄 줄도 모를 거라면, 내 영혼이 항상 내 것일
　　뿐이라면?

항상 그런 나로 남았다면 미지의 신을 만족시켰을 텐데
멍청하게 잘난 척하는, 타락한 시인으로,
적어도 기분이라도 좋게 해 주고,
내 안에 이 끔찍한 보는 것의 과학이 일어나지 않게.
당신은 무엇하러 나를 나로 만들었나? 그냥 나를 인간이게
　　놔두었더라면!

행복한 견습생,
일상적이고 평범하며 자기 할 일이 있는, 무거우면서도
　　그렇게 가벼운,

Que tem a sua vida usual,

Para quem o prazer é prazer e o recreio é recreio,

Que dorme sono,

Que come comida,

Que bebe bebida, e por isso tem alegria.

A calma que tinhas, deste-ma, e foi-me inquietação.

Libertaste-me, mas o destino humano é ser escravo.

Acordaste-me, mas o sentido de ser humano é dormir.

15-4-1928

익숙한 자기 생활이 있어서,
만족이 만족이고 휴식이 휴식인 사람들,
잠을 잠자고,
먹을 걸 먹고,
마실 걸 마시는, 그래서 행복한.

당신은 가지고 있던 평온, 그걸 내게 주자, 그게 내게는
　　불안이었어.
나를 해방시켜 주었지, 하지만 인간의 운명은 노예가 되는
　　것이었어.
나를 일깨워 주었지, 하지만 인간이 된다는 건 잠드는
　　것이었어.

(1928년 4월 15일)

SAÍ DO COMBOIO

Saí do comboio,

Disse adeus ao companheiro de viagem,

Tínhamos estado dezoito horas juntos.

A conversa agradável,

A fraternidade da viagem,

Tive pena de sair do comboio, de o deixar.

Amigo casual cujo nome nunca soube.

Meus olhos, senti-os, marejaram-se de lágrimas...

Toda despedida é uma morte...

Sim, toda despedida é uma morte.

Nós, no comboio a que chamamos a vida

Somos todos casuais uns para os outros,

E temos todos pena quando por fim desembarcamos.

Tudo que é humano me comove, porque sou homem.

Tudo me comove, porque tenho,

Não uma semelhança com ideias ou doutrinas,

Mas a vasta fraternidade com a humanidade verdadeira.

A criada que saiu com pena

A chorar de saudade

기차에서 내리며

나는 기차에서 내리며,
동행에게 작별 인사를 했다.
우리는 열여덟 시간 동안 함께 있었지……
기분 좋은 대화
여행 속에 피어나는 우애.
나는 기차를 떠나는 것이, 놔두고 가는 것이 슬펐어.
영영 이름도 모를 우연의 친구를.
내 두 눈에서, 느껴졌네, 눈물이 글썽이는 것이……
모든 이별은 하나의 죽음이라네……
그래, 모든 이별은 죽음이지.
삶이라 부르는 이 기차 속에서
우리 모두는 타인에게 우연이겠지,
그리고 마침내 내려야 할 때가 되면 우린 모두 서운해한다.

인간적인 것은 모두 내 마음을 움직인다네, 왜냐하면 나도
　　　인간이기에.
내 마음을 움직인다네, 왜냐하면 내가 가진 건
사상이나 강령에 대한 친밀감이 아니라
진정한 인류와의 넓은 유대감이기에.

슬퍼하며 집을 나간 하녀가
향수 때문에 운다

Da casa onde a não tratavam muito bem...

Tudo isso é no meu coração a morte e a tristeza do mundo.
Tudo isso vive, porque morre, dentro do meu coração.

E o meu coração é um pouco maior que o universo inteiro.

4-7-1934

그녀를 그다지 잘 대해 주지도 않았던 집을 그리워하며……

이 모든 것이 내 마음속에선 죽음이요 이 세계의 슬픔이다.
이 모든 것들이, 죽기에, 내 마음속에 살아 있다.

그리고 내 마음은 이 온 우주보다 조금 더 크다.

(1934년 7월 4일)

DOBRADA À MODA DO PORTO

Um dia, num restaurante, fora do espaço e do tempo,
Serviram-me o amor como dobrada fria.
Disse delicadamente ao missionário da cozinha
Que a preferia quente,
Que a dobrada (e era à moda do Porto) nunca se come fria.

Impacientaram-se comigo.
Nunca se pode ter razão, nem num restaurante.
Não comi, não pedi outra coisa, paguei a conta,
E vim passear para toda a rua.

Quem sabe o que isto quer dizer?
Eu não sei, e foi comigo...

(Sei muito bem que na infância de toda a gente houve um
    jardim,
Particular ou público, ou do vizinho.
Sei muito bem que brincarmos era o dono dele.
E que a tristeza é de hoje.)

Sei isso muitas vezes,

포르투풍 내장 요리

어느 날 식당에서, 시공간 바깥에서,
나에게 사랑을, 식은 내장 요리처럼 가져다주었어.
나는 주방장에게 예를 갖추어 말했지
나는 데워서 주는 편을 선호한다고,
내장 요리는(게다가 그건 포르투풍이었어) 절대 차게 안
　　먹는다고.

그게 사람들 심기를 건드렸던 거야.
맞는 말도 못 꺼낸다니까, 식당에서조차 말야.
나는 먹지도 않았고, 다른 걸 주문하지도 않았고, 계산을
　　치른 다음,
산책이나 하려고 거리로 나왔지.

이게 뭘 의미하는지 누가 알까?
나는 모르지만, 나에게 있었던 일……

(나는 잘 알지, 유년 시절에는 누구나 뜰이 하나 있다는 걸,
사적인 곳이든 공공 공간이든, 이웃집 것이든.
나는 잘 알지, 우리가 놀이에 주인이었던 걸.
그리고 슬픔은 오늘의 것이란 걸.)

나는 이걸 두고두고 깨닫곤 해,

Mas, se eu pedi amor, por que é que me trouxeram

Dobrada à moda do Porto fria?

Não é prato que se possa comer frio,

Mas trouxeram-mo frio.

Não me queixei, mas estava frio,

Nunca se pode comer frio, mas veio frio.

하지만, 내가 사랑을 주문했는데, 어째서
식은 포르투풍 내장 요리를 가져다준 거냐고?
차게 먹을 수 있는 음식이 아닌데,
차게 가져다줬다고.
나는 불평은 하지 않았어, 하지만 찼다고.
절대 차게 먹는 게 아닌데, 차게 나왔다고.

POEMA EM LINHA RECTA

Nunca conheci quem tivesse levado porrada.
Todos os meus conhecidos têm sido campeões em tudo.

E eu, tantas vezes reles, tantas vezes porco, tantas vezes vil,
Eu tantas vezes irrespondivelmente parasita,
Indesculpavelmente sujo,
Eu, que tantas vezes não tenho tido paciência para tomar
    banho,
Eu, que tantas vezes tenho sido ridículo, absurdo,
Que tenho enrolado os pés publicamente nos tapetes das
    etiquetas,
Que tenho sido grotesco, mesquinho, submisso e arrogante,
Que tenho sofrido enxovalhos e calado,
Que quando não tenho calado, tenho sido mais ridículo ainda;
Eu, que tenho sido cómico às criadas de hotel,
Eu, que tenho sentido o piscar de olhos dos moços de fretes,
Eu, que tenho feito vergonhas financeiras, pedido emprestado
    sem pagar,
Eu, que, quando a hora do soco surgiu, me tenho agachado
Para fora da possibilidade do soco;
Eu, que tenho sofrido a angústia das pequenas coisas ridículas,
Eu verifico que não tenho par nisto tudo neste mundo.

직선의 시

내가 아는 사람 중에는 얻어맞은 사람이 없다.
다들 모든 것에서 챔피언이었다.

그런데 나, 그토록 자주 비루하고, 그토록 자주 돼지 같고,
　　그토록 자주 야비한,
나, 그토록 자주 반박의 여지없이 기생했고,
용납 못 할 만큼 지저분했던,
나, 그토록 자주 목욕할 인내심조차 없었던,
나, 그토록 자주 어리석고, 터무니없었던,
공공장소에서 예절의 카페트로 발을 둘둘 말던,
기괴하고, 인색하고, 굴종하고, 거만하게 굴던,
망신을 당하고도 입을 다물었던,
어쩌다 입이라도 열라 치면, 오히려 더 바보 같았던,
나, 호텔 급사들에게 웃음거리가 되곤 하던,
나, 짐꾼들끼리 윙크를 주고받는 걸 느꼈던,
나, 돈 문제로 창피를 겪고, 또 갚지도 못하는 돈을 빌렸던,
나, 주먹이라도 날아올 순간이 되면,
사정거리 바깥으로 몸을 납작 수그리던,
나, 말도 안 되게 사소한 것들 때문에 괴로워했던,
나는 이런 점들에서만큼은 이 세상에 필적할 상대가 없음을
　　확증하노라.

Toda a gente que eu conheço e que fala comigo
Nunca teve um acto ridículo, nunca sofreu enxovalho,
Nunca foi senão príncipe — todos eles príncipes — na
vida...

Quem me dera ouvir de alguém a voz humana
Que confessasse não um pecado, mas uma infâmia;
Que contasse, não uma violência, mas uma cobardia!
Não, são todos o Ideal, se os oiço e me falam.
Quem há neste largo mundo que me confesse que uma vez foi
vil?
Ó príncipes, meus irmãos,

Arre, estou farto de semideuses!
Onde é que há gente no mundo?

Então sou só eu que é vil e erróneo nesta terra?

Poderão as mulheres não os terem amado,
Podem ter sido traídos — mas ridículos nunca!
E eu, que tenho sido ridículo sem ter sido traído,

내가 알거나 나와 얘기하는 모든 이들은
한 번도 어리석은 행동을 하거나, 창피를 당한 적이 없다,
인생에서 왕자가 ─ 그들 모두 왕자님들 ─ 아닌 적이
　　없었다……

누군가로부터 인간적인 소리를 들으면 좋겠다
죄 말고, 오명을 고해하는
폭력 말고, 비겁에 대해 얘기하는!
아니다, 모두 이상형이다, 내가 듣고 얘기를 하노라면.
이 넓은 세상에서 단 한 번이라도 비열했다고 고백할 자
　　어디 없는가?
오 왕자들이여, 내 형제들이여,

제발, 이제 반신반인(半神半人)들은 지겹다!
대체 세상에 인간이 있는 곳은 어디란 말인가?

그렇다면, 이 지구에 비열하고 잘못된 사람은 나 혼자란
　　말인가?

그들은 여자들에게 사랑받지 못했을 수도 있다,
배신당했을 수도 ─ 하지만 절대 어리석지는 않았지!
그런데 나, 배신은 안 당했지만 어리석었던 내가,

Como posso eu falar com os meus superiores sem titubear?

Eu, que tenho sido vil, literalmente vil,

Vil no sentido mesquinho e infame da vileza.

어찌 말 더듬거림 없이 내 우월함들을 얘기하겠는가?
나, 비열했던, 문자 그대로 비열했던,
비열함 중에서도 가장 치졸하고, 악명 높은 의미에서
　　비열했던 내가.

ODE TRIUNFAL

À dolorosa luz das grandes lâmpadas eléctricas da fábrica
Tenho febre e escrevo.

Escrevo rangendo os dentes, fera para a beleza disto,
Para a beleza disto totalmente desconhecida dos antigos.

Ó rodas, ó engrenagens, r-r-r-r-r-r-r eterno!
Forte espasmo retido dos maquinismos em fúria!
Em fúria fora e dentro de mim,
Por todos os meus nervos dissecados fora,
Por todas as papilas fora de tudo com que eu sinto!
Tenho os lábios secos, ó grandes ruídos modernos,
De vos ouvir demasiadamente de perto,
E arde-me a cabeça de vos querer cantar com um excesso
De expressão de todas as minhas sensações,
Com um excesso contemporâneo de vós, ó máquinas!

Em febre e olhando os motores como a uma Natureza tropical —
Grandes trópicos humanos de ferro e fogo e força —
Canto, e canto o presente, e também o passado e o futuro,
Porque o presente é todo o passado e todo o futuro
E há Platão e Virgílio dentro das máquinas e das luzes eléctricas
Só porque houve outrora e foram humanos Virgílio e

승리의 송시

공장의 커다란 전등불들의 고통스러운 불빛 아래
나는 열에 들떠 쓴다.
이를 갈면서 쓴다, 이 아름다움을 향해 야수가 되어,
고대인들은 듣도 보도 못한 이 아름다움을 향해.

오 바퀴들, 오 기어들, 영원한 르-르-르-르-르-르-르!
분노하는 기계장치에 억눌린 강력한 경련!
나의 안과 바깥에서 오는 분노,
절개되어 드러난 내 모든 신경들로,
내가 감각하는 모든 돌기들로!
내 입술이 메말랐다, 오 위대한 현대의 소음들이여,
너희를 지나치게 가까이서 듣노라니,
그리고 내 머릿속은 너희를 노래하려는 욕구로 불탄다,
내 모든 감각들의 표현 과잉으로
너희의 동시대적인 과다로, 아 기계들이여!

열이 오른 상태로 열대 자연을 보듯 엔진들을 바라본다 ──
철과 불과 동력으로 만들어진 위대한 인간의 열대 ──
나는 노래한다, 현재를 노래한다, 또한 과거와 미래도,
현재는 모든 과거이자 모든 미래이기에,
전깃불들과 기계들 속에는 플라톤과 베르길리우스가 있다
단지 옛날에 베르길리우스와 플라톤이 존재했으며,

Platão,

E pedaços do Alexandre Magno do século talvez cinquenta,

Átomos que hão-de ir ter febre para o cérebro do Ésquilo do
século cem,

Andam por estas correias de transmissão e por estes êmbolos e
por estes volantes,

Rugindo, rangendo, ciciando, estrugindo, ferreando,

Fazendo-me um excesso de carícias ao corpo numa só carícia à
alma.

Ah, poder exprimir-me todo como um motor se exprime!

Ser completo como uma máquina!

Poder ir na vida triunfante como um automóvel último-
modelo!

Poder ao menos penetrar-me fisicamente de tudo isto,

Rasgar-me todo, abrir-me completamente, tornar-me
passento

A todos os perfumes de óleos e calores e carvões

Desta flora estupenda, negra, artificial e insaciável!

Fraternidade com todas as dinâmicas!

Promíscua fúria de ser parte-agente

인간이었다는 이유 하나 때문에,
그리고 어쩌면 50세기에서 온 알렉산드로스대왕의
    조각들과,
100세기 아이스킬로스의 뇌를 뜨겁게 달굴 원자들이,
이 동력전달장치의 벨트와 피스톤과 관성 바퀴들을
    통과한다,
으르렁거리고, 삐꺽거리고, 윙윙거리고, 쾅쾅거리고,
    덜거덕거리며,
내 몸은 과도하게 애무하고, 영혼은 단 한 번만 쓰다듬으며.

아, 엔진이 하는 것처럼, 내 전부를 표현할 수 있다면!
기계처럼 완전해질 수 있다면!
최신 모델 자동차처럼 의기양양하게 인생으로 나아갈 수
    있다면!
이 모두로 최소한 물리적으로 내가 침투할 수 있다면!
나를 온통 찢어 버리고, 완전히 열어젖혀서,
이 놀랍고, 검고, 인공적이고, 만족을 모르는 식물군의
기름과 열과 석탄의 모든 향기가 모두 투과되도록 나를
    변화시킬 수 있다면!

모든 역동성과의 형제애!
지칠 줄 모르는 기차들의,

Do rodar férreo e cosmopolita

Dos comboios estrénuos,

Da faina transportadora-de-cargas dos navios,

Do giro lúbrico e lento dos guindastes,

Do tumulto disciplinado das fábricas,

E do quase-silêncio ciciante e monótono das correias de transmissão!

Horas europeias, produtoras, entaladas

Entre maquinismos e afazeres úteis!

Grandes cidades paradas nos cafés,

Nos cafés — oásis de inutilidades ruidosas

Onde se cristalizam e se precipitam

Os rumores e os gestos do Útil

E as rodas, e as rodas-dentadas e as chumaceiras do Progressivo!

Nova Minerva sem-alma dos cais e das gares!

Novos entusiasmos de estatura do Momento!

Quilhas de chapas de ferro sorrindo encostadas às docas,

Ou a seco, erguidas, nos planos-inclinados dos portos!

Actividade internacional, transatlântica, *Canadian-Pacific*!

Luzes e febris perdas de tempo nos bares, nos hotéis,

Nos Longchamps e nos Derbies e nos Ascots,

세계를 무대 삼는 철제 회전의,
선박의 이동-적재 작업들 속의,
기중기들의 매끄럽고 느린 회전 속의,
공장들의 질서 정연한 무질서 속의, 그리고
고요에 가까운 작고 단조로운 동력전달장치 벨트 소리의
부품-매개가 되는 것에 대한 난잡한 분노!

기계장치와 실용 업무 사이에
끼어 버린, 생산적인 유럽의 시간!
카페들 안에 멈춰 선 커다란 도시들
카페들 안 ── 쓸모없는 소음의 오아시스
쓸모의 몸짓과 소음들을
구체화시키고 재촉하는 곳
또 바퀴들, 톱니-바퀴들 그리고 **진보의 굴대받이!**
부두와 기차역의 영혼 없는 새로운 미네르바!
순간의 크기에 맞먹는 새로운 열광들!
부둣가에 놓여져 미소 짓는, 혹은 조선대(造船臺)[8]에
건조되어, 일으켜 세워진 철판 용골들!
국제적, 범-대서양적, **대서양-캐나다적인** 활동!
바와 호텔들에서 낭비되는 열에 들뜬 시간들과 불빛들,
롱상[9]들에서, 더비들에서, 애스콧들에서,

E Piccadillies e Avenues de l'Opéra que entram
Pela minh'alma dentro!

Hé-la as ruas, hé-lá as praças, hé-lá-hô *la foule*!
Tudo o que passa, tudo o que pára às montras!
Comerciantes; vadios; *escrocs* exageradamente bem-vestidos;
Membros evidentes de clubs aristocráticos;
Esquálidas figuras dúbias; chefes de família vagamente felizes
E paternais até na corrente de oiro que atravessa o colete
De algibeira a algibeira!
Tudo o que passa, tudo o que passa e nunca passa!
Presença demasiadamente acentuada das cocotes;
Banalidade interessante (e quem sabe o quê por dentro?)
Das burguesinhas, mãe e filha geralmente,
Que andam na rua com um fim qualquer;
A graça feminil e falsa dos pederastas que passam, lentos;
E toda a gente simplesmente elegante que passeia e se mostra
E afinal tem alma lá dentro!

(Ah, como eu desejaria ser o *souteneur* disto tudo!)

A maravilhosa beleza das corrupções políticas,

그리고 피카디리들과 오페라 에비뉴들에서
내 영혼 속을 파고드는!

오 도로들, 여어 광장들, 여어-라-호 군중!
진열대를 지나치는 모두, 그 앞에서 멈추는 모두!
장사꾼들, 방랑자들, 과장되게 잘 차려입은 사기꾼들,
귀족 클럽 소속 회원인 티가 나는 자들,
초췌하고 수상쩍은 인물들, 행복한 듯 만 듯한 가정의 가장들
조끼 한쪽 주머니에서 다른 주머니까지 찬
금줄마저 아버지다운!
지나가는 모두, 지나가며 절대 안 지나가는 모두!
창녀들의 지나치게 강조된 존재감,
부르주아 아가씨들의 흥미로운 진부함, (내면을 누가 알랴?)
그들은 대개 엄마와 딸이며,
무언가 목적을 갖고 거리를 돌아다니지,
완보하는 남색가들의 여성적인 가짜 품위,
그리고 뽐내며 산책하는 한마디로 우아한 행인들
결국 다들 속에 영혼이 있구나!

(아, 나는 얼마나 이 모든 것의 **뚜쟁이**가 되고 싶은지!)

정치적 부패의 경이로운 아름다움,

Deliciosos escândalos financeiros e diplomáticos,

Agressões políticas nas ruas,

E de vez em quando o cometa dum regicídio

Que ilumina de Prodígio e Fanfarra os céus

Usuais e lúcidos da Civilização quotidiana!

Notícias desmentidas dos jornais,

Artigos políticos insinceramente sinceros,

Notícias *passez à-la-caisse*, grandes crimes —

Duas colunas deles passando para a segunda página!

O cheiro fresco a tinta de tipografia!

Os cartazes postos há pouco, molhados!

Vients-de-paraître amarelos com uma cinta branca!

Como eu vos amo a todos, a todos, a todos,

Como eu vos amo de todas as maneiras,

Com os olhos e com os ouvidos e com o olfacto

E com o tacto (o que palpar-vos representa para mim!)

E com a inteligência como uma antena que fazeis vibrar!

Ah, como todos os meus sentidos têm cio de vós!

Adubos, debulhadoras a vapor, progressos da agricultura!

Química agrícola, e o comércio quase uma ciência!

외교적이고 경제적인 맛깔나는 스캔들들,
길거리에서 자행되는 정치적 습격들,
그리고 이따금 대역죄의 혜성이
불가사의와 **팡파르**로 환히 밝히는
일상 **문명**의 청명하고 평범한 하늘!

앞뒤가 안 맞는 신문 뉴스들,
비양심적으로 양심적인 정치면 기사들,
돈으로 산 기사들, 엄청난 범죄들로 ──
두 단 그리고 두 번째 장까지 넘어가네!
인쇄된 활자의 신선한 잉크 냄새!
방금 부착된 포스터들, 아직도 젖어 있는!
따끈따끈한, 흰 포장지로 두른 노란 책들!
내가 너희를 얼마나 사랑하는지, 모두를, 모두를,
내가 너희를 얼마나 온갖 방식으로 사랑하는지,
시각으로 청각으로 후각으로
또 촉각으로 (너희를 만지는 게 내게 어떤 의미인지!)
또 너희에 의해 진동하는 안테나 같은 지성으로
아, 내 모든 감각들이 어쩌나 너희에게 발정을 내는지!

비료들, 증기 탈곡기들, 농기술의 발전상!
농업 화학, 그리고 거의 과학에 가까운 상행위!

Ó mostruários dos caixeiros-viajantes,

Dos caixeiros-viajantes, cavaleiros-andantes da Indústria,

Prolongamentos humanos das fábricas e dos calmos escritórios!

Ó fazendas nas montras! ó manequins! ó últimos figurinos!

Ó artigos inúteis que toda a gente quer comprar!

Olá grandes armazéns com várias secções!

Olá anúncios eléctricos que vêm e estão e desaparecem!

Olá tudo com que hoje se constrói, com que hoje se é diferente
de ontem!

Eh, cimento armado, beton de cimento, novos processos!

Progressos dos armamentos gloriosamente mortíferos!

Couraças, canhões, metralhadoras, submarinos, aeroplanos!

Amo-vos a todos, a tudo, como uma fera.

Amo-vos carnivoramente,

Pervertidamente e enroscando a minha vista

Em vós, ó coisas grandes, banais, úteis, inúteis,

Ó coisas todas modernas,

Ó minhas contemporâneas, forma actual e próxima

Do sistema imediato do Universo!

Nova Revelação metálica e dinâmica de Deus!

방문 – 판매원들의 진열장,
방문 – 판매원들의, '산업'의 편력 기사들,
공장의 인간 연장(延長)들 그리고 평온한 사무실들!

오 진열대의 옷감들! 오 마네킹들! 오 최신 모델들!
오 모두가 사고 싶어 하는 쓸모없는 물건들!
안녕 온갖 섹션을 갖춘 커다란 백화점들!
안녕 나타났다 머물렀다 사라지는 전기 표지판들!
안녕 오늘을 건설하는 데 쓰인, 오늘이 어제와 다르도록
　　하는 모든 것!
여어, 철근 콘크리트, 혼합 콘크리트, 새로운 공정들!
영광스럽도록 치명적인 무기들의 발전상!
철갑들, 대포들, 기관총들, 잠수함들, 비행기들!

너희 모두를 사랑한다, 전부, 야수처럼.
너희를 사랑한다 육식동물처럼,
도착증자처럼, 내 시선이 너희를 빙글빙글
돌면서, 오 위대하고, 진부하고, 쓸모 있고, 쓸모없는 것들,
오 현대적인 모든 것들이여,
오 나의 동시대인들, 우주의 직접적인 시스템에
가장 가깝고 현재적인 형태여!
금속적이고 역동적인 새로운 신의 계시!

Ó fábricas, ó laboratórios, ó *music-halls*, ó Luna-Parks,
Ó couraçados, ó pontes, ó docas flutuantes —
Na minha mente turbulenta e encandescida
Possuo-vos como a uma mulher bela,
Completamente vos possuo como a uma mulher bela que não
   se ama,
Que se encontra casualmente e se acha interessantíssima.

Eh-lá-hô fachadas das grandes lojas!
Eh-lá-hô elevadores dos grandes edifícios!
Eh-lá-hô recomposições ministeriais!
Parlamentos, políticas, relatores de orçamentos,
Orçamentos falsificados!
(Um orçamento é tão natural como uma árvore
E um parlamento tão belo como uma borboleta).

Eh-lá o interesse por tudo na vida,
Porque tudo é a vida, desde os brilhantes nas montras
Até à noite ponte misteriosa entre os astros
E o mar antigo e solene, lavando as costas
E sendo misericordiosamente o mesmo
Que era quando Platão era realmente Platão

오 공장들, 오 연구실들, 오 음악당들, 오 유원지들,
오 전투함들, 오 교각들, 오 부선거(艀船渠)[10]들 ─
요동치고 들끓는 내 마음속에
나는 너희를 아름다운 여인처럼 차지한다,
완벽하게 차지한다, 사랑하지는 않는데,
우연히 만나 비상한 흥미를 끄는 아름다운 여인처럼.

여어-라-호 커다란 상점들의 파사드들!
여어-라-호 높다란 건물들의 엘리베이터들!
여어-라-호 내각 개편들!
의회들, 정책들, 예산 담당관들,
날조된 예산들!
(예산은 나무 한 그루만큼이나 자연스럽고
의회는 나비 한 마리만큼이나 아름답다.)

여어-라-호 인생을 통틀은 흥미,
왜냐하면 모든 게 인생이니, 진열장의 보석들에서부터
밤하늘 천체들 사이의 수수께끼 같은 다리까지
그리고 오래되고 엄숙한, 해안을 씻기는 바다는
자비롭게도 한결같다
플라톤이 정말로 플라톤이었을 때와 마찬가지로

Na sua presença real e na sua carne com a alma dentro,
E falava com Aristóteles, que havia de não ser discípulo
   dele.

Eu podia morrer triturado por um motor
Com o sentimento de deliciosa entrega duma mulher possuída.
Atirem-me para dentro das fornalhas!
Metam-me debaixo dos comboios!
Espanquem-me a bordo de navios!
Masoquismo através de maquinismos!
Sadismo de não sei quê moderno e eu e barulho!

Up-lá-hô jockey que ganhaste o Derby,
Morder entre dentes o teu *cap* de duas cores!

(Ser tão alto que não pudesse entrar por nenhuma porta!
Ah, olhar é em mim uma perversão sexual!)

Eh-lá, eh-lá, eh-lá, catedrais!
Deixai-me partir a cabeça de encontro às vossas esquinas,
E ser levantado da rua cheio de sangue
Sem ninguém saber quem eu sou!

영혼이 깃들어 있던 그의 육신 속에, 그의 진짜 존재 속에서,
그의 제자가 되지는 않을 아리스토텔레스와 대화를 나누곤
    했지.

나 엔진에 분쇄되어 죽어도 좋으리
소유당하는 여자가 달콤하게 허락하는 기분으로.
용광로 속으로 나를 던져라!
기차 밑으로 나를 밀어 넣어라!
배 위에서 나를 채찍질해라!
기계장치를 통한 마조히즘!
뭔지 모를 현대적인 사디즘 그리고 나 그리고 소음!

움-라 호 더비에서 우승한 기수,
너의 두 가지 색깔 모자를 이빨로 깨물기!

(너무 키가 커서 아무 문으로도 통과를 못 하네!
아, 쳐다보는 건 내게 있어 성적인 도착!)

여-어, 여-어, 성당들!
너희의 모서리를 강타해 내 머리가 깨지게 해 다오,
길거리에서 피가 흥건한 채 일으켜 세워지도록
내가 누구인지 아무도 모른 채로!

Ó *tramways*, funiculares, metropolitanos,
Roçai-vos por mim até ao espasmo!
Hilla! hilla! hilla-hô!

Dai-me gargalhadas em plena cara,
Ó automóveis apinhados de pândegos e de putas,
Ó multidões quotidianas nem alegres nem tristes das ruas,
Rio multicolor anónimo e onde eu não me posso banhar como
    quereria!
Ah, que vidas complexas, que coisas lá pelas casas de tudo isto!
Ah, saber-lhes as vidas a todos, as dificuldades de dinheiro,
As dissensões domésticas, os deboches que não se suspeitam,
Os pensamentos que cada um tem a sós consigo no seu quarto
E os gestos que faz quando ninguém o pode ver!
Não saber tudo isto é ignorar tudo, ó raiva,
Ó raiva que como uma febre e um cio e uma fome
Me põe a magro o rosto e me agita às vezes as mãos
Em crispações absurdas em pleno meio das turbas
Nas ruas cheias de encontrões!

Ah, e a gente ordinária e suja, que parece sempre a mesma,
Que emprega palavrões como palavras usuais,
Cujos filhos roubam às portas das mercearias

오 전차들, 케이블카들, 지하철들,
내가 흥분할 때까지 나를 문질러 줘!
힐-라! 힐-라! 힐라-호!
내 면전에다 폭소를 터뜨려 다오,
오 취객들과 창녀들을 한가득 태운 자동차들,
오 슬프지도 기쁘지도 않은 평범한 거리의 군상들,
내 마음껏 헤엄칠 수 없는 익명의 알록달록한 강!
아, 얼마나 복잡한 인생들인가, 이 모든 게 돌아가는 저
　　　집들하며!
아, 그들 삶을 속속들이 아는 것, 그들의 돈 문제들,
가정 불화들, 의심조차 사지 않는 방탕함들,
자기 방 안에 혼자 있을 때 각자 하는 생각들
그리고 아무도 안 볼 때 하는 행동들!
이걸 다 모른다는 건 모든 것에 무지하다는 것, 아 분노,
아 굶주림과 발정과 열병 같은 분노가
내 얼굴을 핼쑥하게, 어떤 때는 손을 떨게 만드네
부딪히는 게 다반사인 길거리에서
혼잡한 군중 한가운데 난데없는 경련들!

아, 평범하고 지저분한, 항상 똑같아 보이는,
욕설을 일상어처럼 내뱉는 인간들,
그들의 아들들은 상가에서 좀도둑질이나 하고

E cujas filhas aos oito anos — e eu acho isto belo e amo-o! —
Masturbam homens de aspecto decente nos vãos de escada.
A gentalha que anda pelos andaimes e que vai para casa
Por vielas quase irreais de estreiteza e podridão.
Maravilhosa gente humana que vive como os cães,
Que está abaixo de todos os sistemas morais,
Para quem nenhuma religião foi feita,
Nenhuma arte criada,
Nenhuma política destinada para eles!
Como eu vos amo a todos, porque sois assim,
Nem imorais de tão baixos que sois, nem bons nem maus,
Inatingíveis por todos os progressos,
Fauna maravilhosa do fundo do mar da vida!

(Na nora do quintal da minha casa
O burro anda à roda, anda à roda,
E o mistério do mundo é do tamanho disto.
Limpa o suor com o braço, trabalhador descontente.
A luz do sol abafa o silêncio das esferas
E havemos todos de morrer,
Ó pinheirais sombrios ao crepúsculo,

그들의 여덟 살짜리 딸들은 ── 나는 이걸 아름답다고
　　여기고 사랑하지! ──
계단 아래에서 점잖은 차림의 남자들을 자위시켜 주지.
비계(飛階) 사이를 돌아다니는 하층민들은
불결하고 비좁기가 비현실에 가까운 골목길을 통해 귀가하지.
모든 윤리 체계의 밑바닥에 있는,
개들처럼 사는 경이롭고도 인간적인 사람들,
그들을 위해서 어떤 종교도 만들어진 적 없고,
그 어떤 예술도 창조된 적 없고,
그 어떤 정책도 발안된 적 없는!
바로 그렇기 때문에, 내가 얼마나 너희를 사랑하는지,
너무나 낮아서, 부도덕하지도 못하고, 선하지도 악하지도 않은,
그 어떤 진보도 영향을 끼치지 못하는,
인생의 바다 저 깊은 곳의 놀라운 동물상(動物相)!

(내 집 채소밭 물레방아에는
당나귀가 물레 바퀴를 타고 돌고 또 돌지,
이 세상의 신비도 이 정도의 크기.
불만 있는 노동자여, 땀을 팔로 닦아라.
태양 빛이 천체의 고요함에 차오르고
우리는 모두 죽게 된다,
오 황혼의 어스름한 소나무 숲,

Pinheirais onde a minha infância era outra coisa
Do que eu sou hoje...)

Mas, ah outra vez a raiva mecânica constante!
Outra vez a obsessão movimentada dos ómnibus.
E outra vez a fúria de estar indo ao mesmo tempo dentro de
 todos os comboios
De todas as partes do mundo,
De estar dizendo adeus de bordo de todos os navios,
Que a estas horas estão levantando ferro ou afastando-se das
 docas.
Ó ferro, ó aço, ó alumínio, ó chapas de ferro ondulado!
Ó cais, ó portos, ó comboios, ó guindastes, ó rebocadores!

Eh-lá grandes desastres de comboios!
Eh-lá desabamentos de galerias de minas!
Eh-lá naufrágios deliciosos dos grandes transatlânticos!
Eh-lá-hô revoluções aqui, ali, acolá,
Alterações de constituições, guerras, tratados, invasões,
Ruído, injustiças, violências, e talvez para breve o fim,
A grande invasão dos bárbaros amarelos pela Europa,
E outro Sol no novo Horizonte!

내 유년이 오늘의 나와는 다른 무언가였던
소나무 숲……)

하지만, 아 또다시 계속되는 이 기계적인 분노!
또다시 버스들로 활기를 띠는 강박.
그리고 또다시 모든 기차들을 동시에 타고 가는 이 분노!
지구 상의 모든 장소로,
모든 배 위에서 작별을 고해야 하니,
아마도 이 시각쯤에는 닻을 올리거나 부두로부터 멀어지고
　　　있으리.
오 강철, 오 무쇠, 오 알루미늄, 오 구불구불한 철판들!
오 부두, 오 항구, 오 기차들, 오 기중기들, 오
　　　예인선(曳引船)들!

여-어 엄청난 기차 재난들!
여-어 광산 갱도의 붕괴들!
여-어 위대한 대서양 횡단선들의 고소한 난파들!
여-어-라-호 여기, 저기, 온 데서 혁명들,
헌법 개정들, 전쟁들, 협정들, 침략들,
고성, 불의, 폭력, 어쩌면 얼마 안 있어 결판이 날,
황인종 야만인들의 위대한 유럽 침공,
그리고 새로운 **수평선**의 또 다른 **태양**!

Que importa tudo isto, mas que importa tudo isto
Ao fúlgido e rubro ruído contemporâneo,
Ao ruído cruel e delicioso da civilização de hoje?
Tudo isso apaga tudo, salvo o Momento,
O Momento de tronco nu e quente como um fogueiro,
O Momento estridentemente ruidoso e mecânico,
O Momento dinâmico passagem de todas as bacantes
Do ferro e do bronze e da bebedeira dos metais.

Eia comboios, eia pontes, eia hotéis à hora do jantar,
Eia aparelhos de todas as espécies, férreos, brutos, mínimos,
Instrumentos de precisão, aparelhos de triturar, de cavar,
Engenhos, brocas, máquinas rotativas!
Eia! eia! eia!
Eia electricidade, nervos doentes da Matéria!
Eia telegrafia-sem-fios, simpatia metálica do Inconsciente!
Eia túneis, eia canais, Panamá, Kiel, Suez!
Eia todo o passado dentro do presente!
Eia todo o futuro já dentro de nós! eia!
Eia! eia! eia!
Frutos de ferro e útil da árvore-fábrica cosmopolita!

이 모든 게 무슨 상관인가, 이 모든 게 대체 무슨 상관이란
　　말인가
현대의 휘황찬란하고 새빨간 소음에,
오늘날 문명의 맛깔나는 잔인한 소리에?
이 모든 게 모든 걸 지워 버린다, 이 순간만 남기고,
화부(火夫)처럼 벗은 몸통이 뜨거운 이 순간,
날카로운 소음이 나는 기계적인 이 순간,
쇠로, 청동으로, 또 금속 취기로 만들어진
모든 바쿠스의 사제(司祭)들의 통로인 격렬한 이 순간.

여어 기차들, 그래 다리들, 그래 저녁 식사 시간의 호텔들,
그래 온갖 종류의 철제, 중량, 경량, 연장들,
정밀 기계들, 분쇄 장치들, 채굴기들,
제분기들, 나사들, 윤전기들!
그래! 그래! 그래!
그래 전기, **질료**의 병든 신경들!
그래 무선 전보, **무의식**의 금속성 동정심!
그래 터널들, 그래 운하들, 파나마, 킬,[11] 수에즈!
그래 현재 안의 모든 과거!
그래 이미 우리 안의 모든 미래! 그래!
그래! 그래! 그래!
세계적인 공장-나무의 유용한 강철 열매들!

Eia! eia! eia! eia-hô-ô-ô!

Nem sei que existo para dentro. Giro, rodeio, engenho-me.

Engatam-me em todos os comboios.

Içam-me em todos os cais.

Giro dentro das hélices de todos os navios.

Eia! eia-hô! eia!

Eia! sou o calor mecânico e a electricidade!

Eia! e os *rails* e as casas de máquinas e a Europa!

Eia e hurrah por mim-tudo e tudo, máquinas a trabalhar,
   eia!

Galgar com tudo por cima de tudo! Hup-lá!

Hup lá, hup lá, hup-lá-hô, hup-lá!

Hé-há! Hé-hô! Ho-o-o-o-o!

Z-z-z-z-z-z-z-z-z-z-z-z!

Ah não ser eu toda a gente e toda a parte!

Londres, 1914 — Junho

그래! 그래! 그래! 그래-호-오-오!
내가 안으로 존재하는지조차 모르겠다. 나는 회전하고,
　　에워싸며, 나를 고안해 낸다.
난 나를 모든 기차들에 물린다.
나를 모든 부두로 인양한다.
나는 모든 배의 프로펠러 안에서 회전한다.
그래! 그래-호! 그래!
그래! 나는 기계적인 열이요 전기다!
그래! 선로들과 기관실과 유럽!
그래 나에게 ── 전부에게 만세, 기계들이여 작업 개시, 그래!

모든 걸 가지고 모든 것 위로 도약하기! 홉-라!

홉-라, 홉-라, 홉-라-호, 홉-라!
헤-라! 헤-호! 호-오-오-오-오!
즈-즈-즈-즈-즈-즈-즈-즈-즈-즈-즈!

아, 모든 인간과 모든 장소가 될 수 없다는 것!

(1914년 6월, 런던에서)

DOIS EXCERTOS DE ODES

I

Vem, Noite antiquíssima e idêntica,
Noite Rainha nascida destronada,
Noite igual por dentro ao silêncio, Noite
Com as estrelas lantejoulas rápidas
No teu vestido franjado de Infinito.

Vem, vagamente,
Vem, levemente,
Vem sozinha, solene, com as mãos caídas
Ao teu lado, vem
E traz os montes longínquos para ao pé das árvores próximas,
Funde num campo teu todos os campos que vejo,
Faze da montanha um bloco só do teu corpo,
Apaga-lhe todas as diferenças que de longe vejo,
Todas as estradas que a sobem,
Todas as várias árvores que a fazem verde-escuro ao longe,
Todas as casas brancas e com fumo entre as árvores,
E deixa só uma luz e outra luz e mais outra,
Na distância imprecisa e vagamente perturbadora,
Na distância subitamente impossível de percorrer.

송시에서 발췌한 두 편

1
오라, 지극히 오래되고 한결같은 밤이여,
폐위당한 채 태어난 여왕의 밤,
내면은 침묵과도 같은, 밤
빠르게 반짝이는 별들과
무한으로 수놓은 너의 복장.

오라, 희미하게,
오라, 가볍게,
오라, 혼자서, 엄숙하게, 두 손은 네 곁에
떨구고, 오라
먼 언덕들을 가까운 나무들 있는 곳으로 데려와,
보이는 모든 들판을 너의 들판 하나로 녹여라,
산을 네 몸의 한 토막으로 만들어라,
멀리서 보이는 모든 차이들을 지워라,
그곳으로 오르는 모든 큰길들,
멀리서 짙은 녹음을 이루는 온갖 나무들,
모든 흰 집들 그리고 나무들 사이로 피어오르는 연기,
오로지 불빛 하나와 다른 불빛 그리고 또 하나만 남겨라,
애매하고 모호하게 당혹스러운 거리에,
갑작스레 다니기 불가능해진 거리에.

Nossa Senhora

Das cousas impossíveis que procuramos em vão,

Dos sonhos que vêm ter connosco ao crepúsculo, à janela,

Dos propósitos que nos acariciam

Nos grandes terraços dos hotéis cosmopolitas

Ao som europeu das músicas e das vozes longe e perto,

E que doem por sabermos que nunca os realizaremos...

Vem, e embala-nos,

Vem e afaga-nos,

Beija-nos silenciosamente na fronte,

Tão levemente na fronte que não saibamos que nos beijam

Senão por uma diferença na alma

E um vago soluço partindo melodiosamente

Do antiquíssimo de nós

Onde têm raiz todas essas árvores de maravilha

Cujos frutos são os sonhos que afagamos e amamos

Porque os sabemos fora de relação com o que há na vida.

Vem soleníssima,

Soleníssima e cheia

De uma oculta vontade de soluçar,

Talvez porque a alma é grande e a vida pequena,

우리의 성모

우리가 찾는 데 실패하는 불가능한 것들의,

창가에, 여명에 우리 곁으로 오는 꿈들의,

전 세계의 이름난 호텔들의 널찍한 테라스에서

우리를 쓰다듬는 목적들의

가깝고도 먼 목소리와 노래 그 유럽의 소리의,

그리고 우리가 영영 이루지 못하리라는 걸 알기에 쓰라린……

오라, 그리고 우리를 달래 주어라,

오라, 그리고 우리를 쓰다듬어라,

우리 이마에 조용히 입 맞추어라,

우리 이마에 입을 맞추는지

영혼의 변화 말고는 모를 만큼 그렇게 부드럽게

그리고 선율과 함께 미묘한 흐느낌이 인다

우리 안의 가장 오래된 곳에서

저 모든 경이로운 나무들이 뿌리내린 곳이자

그 열매들이 우리가 아끼고 사랑하는 꿈들인

왜냐하면 우리는 그것들이 인생 만사와 무관함을 알기에.

장엄하게 오라,

장엄하고 꽉 차서

흐느끼고 싶은 숨은 욕구로,

어쩌면 영혼은 거대하고 삶은 왜소하기 때문에,

E todos os gestos não saem do nosso corpo
E só alcançamos onde o nosso braço chega,
E só vemos até onde chega o nosso olhar.

Vem, dolorosa,
Mater-Dolorosa das Angústias dos Tímidos,
Turris-Eburnea das Tristezas dos Desprezados,
Mão fresca sobre a testa em febre dos Humildes,
Sabor de água sobre os lábios secos dos Cansados.
Vem, lá do fundo
Do horizonte lívido,
Vem e arranca-me
Do solo de angústia e de inutilidade
Onde vicejo.
Apanha-me do meu solo, malmequer esquecido,
Folha a folha lê em mim não sei que sina
E desfolha-me para teu agrado,
Para teu agrado silencioso e fresco.
Uma folha de mim lança para o Norte,
Onde estão as cidades de Hoje que eu tanto amei;
Outra folha de mim lança para o Sul,
Onde estão os mares que os Navegadores abriram;

그리고 모든 몸짓들이 우리 몸을 벗어나지는 않기에
그리고 우리는 우리 팔이 닿는 곳까지만 닿기에,
그리고 우리는 우리 시선이 닿는 곳까지만 보기에.

오라, 쓰라린,
수줍은 자들의 괴로움의, 눈물 흘리는 성모,
괄시당한 자들의 슬픔의 상아탑,
초라한 자들의 열난 이마에 얹는 차가운 손,
지친 자들의 메마른 입술에 닿는 물맛.
오라, 검푸른 수평선의
저 깊은 곳으로부터,
오라, 그리고 나를 뽑아내라
괴로움과 불모의 땅
내가 번성하는 그곳에서.
내 땅에서 나를 잡아 뽑아 다오, 잊힌 데이지
꽃잎 한 장 한 장 내게서 읽어 내라 나도 모를 어떤 운명을
그리고 너 좋을 대로 나를 떼어 내라
너의 고요하고 차가운 만족을 위해.
나의 잎 한 장은 **북쪽**으로 날려라,
내가 너를 그토록 사랑한 **오늘**의 도시들이 있는 곳으로,
나의 잎 다른 한 장은 **남쪽**으로 날려라,
항해사들이 열어젖힌 바다들이 있는 곳으로,

115

Outra folha minha atira ao Ocidente,

Onde arde ao rubro tudo o que talvez seja o Futuro,

Que eu sem conhecer adoro;

E a outra, as outras, o resto de mim

Atira ao Oriente,

Ao Oriente donde vem tudo, o dia e a fé,

Ao Oriente pomposo e fanático e quente,

Ao Oriente excessivo que eu nunca verei,

Ao Oriente budista, bramânico, sintoísta,

Ao Oriente que é tudo o que nós não temos,

Que é tudo o que nós não somos,

Ao Oriente onde — quem sabe? — Cristo talvez ainda hoje
    viva,

Onde Deus talvez exista realmente e mandando tudo...

Vem sobre os mares,

Sobre os mares maiores,

Sobre os mares sem horizontes precisos,

Vem e passa a mão pelo dorso de fera,

E acalma-o misteriosamente,

Ó domadora hipnótica das cousas que se agitam muito!

내 다른 한 장은 서양으로 날려라,
어쩌면 미래일지도 모를, 모든 게 붉게 타오르는
내가 알지도 못하면서 선망하는 그곳으로,
그리고 다른 것, 다른 것들은, 나의 나머지는
동양으로 날려 버려라,
낮과 믿음, 모든 것이 오는 동양으로,
화려하고 광적이고 뜨거운 동양으로,
나는 절대 보지 못할 과도한 동양으로,
브라만교, 신도(神道),[12] 불교의 동양으로,
우리가 가지지 못한 모든 것인 동양으로,
우리가 아닌 모든 것인,
동양으로 — 누가 아나? — 어쩌면 예수가 아직도 살아
　　있을,
어쩌면 신이 정말로 존재해서 모든 걸 관장했을……

바다를 건너 오라,
가장 광활한 대양들을 건너,
고정된 수평선이 없는 바다들을 넘어,
오라, 야수의 잔등에 손을 얹어,
녀석을 거짓말처럼 진정시켜라,
오 격하게 동요하는 것들에 최면을 거는 조련사여!

Vem, cuidadosa,

Vem, maternal,

Pé ante pé enfermeira antiquíssima, que te sentaste

À cabeceira dos deuses das fés já perdidas,

E que viste nascer Jeová e Júpiter,

E sorriste porque tudo te é falso e inútil.

Vem, Noite silenciosa e extática,

Vem envolver na noite manto branco

O meu coração...

Serenamente como uma brisa na tarde leve,

Tranquilamente como um gesto materno afagando,

Com as estrelas luzindo nas tuas mãos

E a lua máscara misteriosa sobre a tua face.

Todos os sons soam de outra maneira

Quando tu vens.

Quando tu entras baixam todas as vozes,

Ninguém te vê entrar,

Ninguém sabe quando entraste,

Senão de repente, vendo que tudo se recolhe,

Que tudo perde as arestas e as cores,

E que no alto céu ainda claramente azul

오라, 조심스럽게,
오라, 어머니처럼,
살금살금 걷는, 태곳적 간호사, 네가 앉았던
잃어버린 신앙의 신들 침대 머리맡에서,
여호와와 주피터가 태어나는 것을 보았던,
너에게는 모두 가짜이고 부질없기에 미소 짓던.

오라, 고요하고 황홀한 밤,
오라, 흰 망토로 감싸 안으며
내 심장을……
부드러운 낮의 산들바람처럼 잔잔하게,
애정 어린 엄마의 손길처럼 평온하게,
네 두 손에서 반짝이는 별들과
네 얼굴 위 신비로운 가면인 달.
네가 올 때면
모든 소리는 다른 식으로 들리지.
네가 들어오면 모두 목소리를 낮추지,
아무도 네가 들어오는 걸 보지 못하지,
아무도 네가 언제 들어왔는지 모르지,
별안간, 그렇게 모든 게 물러날 때 비로소,
모든 것들이 그 모서리와 색깔을 잃어버리는 그때,
아직 푸른빛이 완연한 높은 하늘에

Já crescente nítido, ou círculo branco, ou mera luz nova que
vem,

A lua começa a ser real.

II

Ah o crepúsculo, o cair da noite, o acender das luzes nas
grandes cidades,
E a mão de mistério que abafa o bulício,
E o cansaço de tudo em nós que nos corrompe
Para uma sensação exacta e precisa e activa da Vida!
Cada rua é um canal de uma Veneza de tédios
E que misterioso o fundo unânime das ruas,
Das ruas ao cair da noite, ó Cesário Verde, ó Mestre,
Ó do «Sentimento de um Ocidental»!

Que inquietação profunda, que desejo de outras cousas,
Que nem são países, nem momentos, nem vidas,
Que desejo talvez de outros modos de estados de alma
Humedece interiormente o instante lento e longínquo!

Um horror sonâmbulo entre luzes que se acendem,

이미 뚜렷해진 반월, 혹은 흰 원, 혹은 그저 새로 나타난
　　한줄기 섬광,

달이 진짜가 되기 시작한다.

2
아 황혼, 땅거미, 대도시들을 밝히는 조명들,
그리고 소란을 잠재우는 신비의 손과
생의 활기차고 정확하며 분명한 감각을 흐리는
우리 안의 모든 피로!
모든 거리는 권태의 베네치아에 난 수로,
얼마나 신비로운가, 하나로 수렴하는 골목들의 끝은,
어둑어둑해지는 그 거리들, 아 세자리우 베르드, 오 스승이여,
아 『서양인의 감성』을 쓴 그여!

이 깊은 불안, 다른 것들을 향한 욕구,
나라들도 아니고, 순간들도 아니고, 인생들도 아닌,
어쩌면 영혼의 다른 상태들을 갈구하는 이 욕망이
느리고 먼 이 순간을 안에서부터 촉촉이 적셔 온다!

켜지는 불빛들 사이로 몽유(夢遊)하는 공포,

Um pavor terno e líquido, encostado às esquinas
Como um mendigo de sensações impossíveis
Que não sabe quem lhas possa dar...

Quando eu morrer,
Quando me for, ignobilmente, como toda a gente,
Por aquele caminho cuja ideia se não pode encarar de frente,
Por aquela porta a que, se pudéssemos assomar, não
assomaríamos,
Para aquele porto que o capitão do Navio não conhece,
Seja por esta hora condigna dos tédios que tive,
Por esta hora mística e espiritual e antiquíssima,
Por esta hora em que talvez, há muito mais tempo do que
parece,
Platão sonhando viu a ideia de Deus
Esculpir corpo e existência nitidamente plausível
Dentro do seu pensamento exteriorizado como um campo.

Seja por esta hora que me leves a enterrar,
Por esta hora que eu não sei como viver,
Em que não sei que sensações ter ou fingir que tenho,
Por esta hora cuja misericórdia é torturada e excessiva,

부드러운 액체 공포, 골목에서 기대고 선
불가능한 감각을 구걸하는 거지처럼
누가 그걸 줄 수 있을지 알 길도 없네……

내가 죽을 때가 되면,
다른 모든 사람들처럼 수치스럽게, 내가 가 버리면,
우리가 정면으로 마주 보지 못하는 생각으로 난 그 길로,
도달할 수 있다면 도달하지 않을 그 문으로,
배의 선장조차 가 본 적 없는 그 항구로,
내가 겪어 온 싫증들에 걸맞는 이 시간이기를,
고대의 영적이고 신비로운 이 시간,
어쩌면 보기보다 훨씬 더 오래되었을지 모를 이 시간에,
플라톤은 꿈에서 신에 대한 생각을 목격했다
손에 잡힐 듯 선명하게 존재와 육체를 조각하는 것을
어느 들판처럼 외면화된 자신의 생각 속에서.

나를 묻으러 데려가는 시간이 바로 지금이기를,
어떻게 살지 나도 모르겠는 이 시간에,
내가 어떤 감각을 느낄지, 느낀 척할지도 모르겠는 이 시간,
그 자비가 고문당하고 과도한 이 시간에

Cujas sombras vêm de qualquer outra cousa que não as cousas,
Cuja passagem não roça vestes no chão da Vida Sensível
Nem deixa perfume nos caminhos do Olhar.

Cruza as mãos sobre o joelho, ó companheira que eu não tenho
    nem quero ter,
Cruza as mãos sobre o joelho e olha-me em silêncio
A esta hora em que eu não posso ver que tu me olhas,
Olha-me em silêncio e em segredo e pergunta a ti própria
— Tu que me conheces — quem eu sou...

30-6-1914

그 그늘들이 물체가 아닌 다른 무언가로부터 드리워지는,
그 통로에 섬세한 삶의 땅에 옷자락이 끌리지도 않는,
그 시선이 지나간 길에 향기조차 남기지 않는.

무릎 위로 두 손을 포개라, 아, 내게 없고 갖고 싶지도 않은
    반려자여.
무릎 위로 두 손을 포개고, 말없이 나를 바라보라
네가 나를 바라보는지 보이지도 않는 이 시간에,
침묵 속에 비밀리에 나를 바라보라 그리고 너 자신에게
    물어보라
── 나를 아는 당신이여 ── 나는 누구인가……

(1914년 6월 30일)

ODE MARÍTIMA

a Santa-Rita Pintor

Sozinho, no cais deserto, a esta manhã de verão,
Olho prò lado da barra, olho prò Indefinido,
Olho e contenta-me ver,
Pequeno, negro e claro, um paquete entrando.
Vem muito longe, nítido, clássico à sua maneira.
Deixa no ar distante atrás de si a orla vã do seu fumo.
Vem entrando, e a manhã entra com ele, e no rio,
Aqui, acolá, acorda a vida marítima,
Erguem-se velas, avançam rebocadores,
Surgem barcos pequenos de trás dos navios que estão no porto.
Há uma vaga brisa.
Mas a minh'alma está com o que vejo menos,
Com o paquete que entra,
Porque ele está com a Distância, com a Manhã,
Com o sentido marítimo desta Hora,
Com a doçura dolorosa que sobe em mim como uma náusea,
Como um começar a enjoar, mas no espírito.

Olho de longe o paquete, com uma grande independência de alma,
E dentro de mim um volante começa a girar, lentamente.

해상 송시

산타-리타 핀토르에게

나 홀로, 텅 빈 부두에서, 이 여름 아침에,
나는 항구 입구를 바라보고, 무한을 바라본다,
바라보며 나는 기뻐한다,
작고, 검고 선명한, 여객선이 들어오는 것을 보고.
저 멀리서 온다, 뚜렷하게, 자기 방식대로 고전적으로.
자기 뒤로 먼 하늘에 텅 빈 증기의 자취를 남기면서.
들어온다, 그리고 아침도 함께 들어온다, 그리고 강의
여기저기에서, 바다의 삶이 잠에서 깨어난다,
돛이 올라가고, 예인선(曳引船)이 앞으로 나아가고,
작은 배들이 항구에 정박한 배들 뒤로 모습을 드러낸다.
은은한 미풍이 분다.
하지만 내 영혼은 내게 덜 보이는 것과 함께한다,
들어오는 여객선과 함께,
왜냐하면 그것은 거리와, 아침과 함께하기에,
이 시각 바다의 감각과 함께,
내 안에 어떤 메스꺼움처럼 올라오는 쓰린 달콤함과 함께,
마치 멀미의 시작처럼, 그러나 영혼에서.

영혼의 위대한 독립으로, 저 멀리 여객선을 본다,
그리고 내 안에서 타륜이 돌기 시작한다, 천천히.

Os paquetes que entram de manhã na barra
Trazem aos meus olhos consigo
O mistério alegre e triste de quem chega e parte.
Trazem memórias de cais afastados e doutros momentos
Doutro modo da mesma humanidade noutros portos.
Todo o atracar, todo o largar de navio,
É — sinto-o em mim como o meu sangue —
Inconscientemente simbólico, terrivelmente
Ameaçador de significações metafísicas
Que perturbam em mim quem eu fui…

Ah, todo o cais é uma saudade de pedra!
E quando o navio larga do cais
E se repara de repente que se abriu um espaço
Entre o cais e o navio,
Vem-me, não sei porquê, uma angústia recente,
Uma névoa de sentimentos de tristeza
Que brilha ao sol das minhas angústias relvadas
Como a primeira janela onde a madrugada bate,
E me envolve como uma recordação duma outra pessoa
Que fosse misteriosamente minha.

아침에 항구 입구로 들어오는 여객선들은
도착하고 떠나는 이들의 기쁘고도 슬픈 신비를
내 눈앞에 데려온다.
멀리 떨어진 부두들의 기억과 다른 항구들에서
같은 인간성의 다른 상태의 다른 순간의 기억을 데려온다.
부두의 모든 입항과 출항,
그것은 ── 나는 그걸 내 안에서 나의 피처럼 느낀다 ──
무의식적으로 상징적이고, 끔찍하게 위협적이다
내 안에서 과거의 나를 동요하게 만드는
형이상학적인 의미들로……

아, 온 부두가 돌로 된 향수(鄕愁)로구나!
그리고 배가 부두에서 멀어질 때
그리고 문득 배와 부두 사이에
공간이 열렸음을 발견할 때,
이유 모를, 방금 생긴 괴로움이 엄습한다,
마치 새벽이 두드리는 첫 번째 유리창처럼
풀로 뒤덮인 내 괴로움들의 태양 아래 반짝이는
슬픈 감정들의 안개가,
그리고 신기하게도 내 것이 된 듯한
다른 누군가의 추억처럼 나를 에워싼다.

Ah, quem sabe, quem sabe,

Se não parti outrora, antes de mim,

Dum cais; se não deixei, navio ao sol

Oblíquo da madrugada,

Uma outra espécie de porto?

Quem sabe se não deixei, antes de a hora

Do mundo exterior como eu o vejo

Raiar-se para mim,

Um grande cais cheio de pouca gente,

Duma grande cidade meio-desperta,

Duma enorme cidade comercial, crescida, apopléctica,

Tanto quanto isso pode ser fora do Espaço e do Tempo?

Sim, dum cais, dum cais dalgum modo material,

Real, visível como cais, cais realmente,

O Cais Absoluto por cujo modelo inconscientemente imitado,

Insensivelmente evocado,

Nós os homens construímos

Os nossos cais nos nossos portos,

Os nossos cais de pedra actual sobre água verdadeira,

Que depois de construídos se anunciam de repente

Cousas-Reais, Espíritos-Cousas, Entidades em Pedra-Almas,

아, 누가 알랴, 누가 알랴,
옛날에, 나의 이전에,
내가 어느 부두에서 출항한 건 아닌지,
새벽녘 비스듬한 햇볕 아래 있던 배,
다른 어느 항구를 떠난 건 아닌지?
누가 알랴 내가 떠난 건 아닌지,
내가 보는 것과 같은 바깥 세상의 이 시간이
나를 향해 동트기 전에,
소수의 사람들로 가득 찬 커다란 부두에서,
반쯤 깨어난 커다란 도시에서,
상업적이고, 번창하고, 혼을 빼놓는 거대한 도시에서,
이게 공간과 시간 바깥에서 가능하다면?

그래, 어느 부두에서, 어떤 물리적 상태의 부두에서,
진짜로, 부두처럼 눈에 보이는, 실재하는 부두,
무감각하게 떠올리고 끝없이 모방되는,
모델로서의 그 **절대적 부두**,
우리 사람들이 건설하는
우리 항구들의 우리들의 부두
진짜 물 위로 진짜 돌로 만들어진 우리의 부두,
만들어진 다음에는 갑작스럽게
실재-사물, 영혼-사물, 영혼-돌 속 개체라고 밝히는,

A certos momentos nossos de sentimento-raiz

Quando no mundo-exterior como que se abre uma porta

E, sem que nada se altere,

Tudo se revela diverso.

Ah o Grande Cais donde partimos em Navios-Nações!

O Grande Cais Anterior, eterno e divino!

De que porto? Em que águas? E por que penso eu isto?

Grande Cais como os outros cais, mas o Único.

Cheio como eles de silêncios rumorosos nas antemanhãs,

E desabrochando com as manhãs num ruído de guindastes

E chegadas de comboios de mercadorias,

E sob a nuvem negra e ocasional e leve

Do fumo das chaminés das fábricas próximas

Que lhe sombreia o chão preto de carvão pequenino que brilha,

Como se fosse a sombra duma nuvem que passasse sobre água

    sombria.

Ah, que essencialidade de mistério e sentidos parados

Em divino êxtase revelador

Às horas cor de silêncios e angústias

Não é ponte entre qualquer cais e O Cais!

우리 뿌리-정서의 어느 순간들에
마치 바깥 세상의 문이 하나 열릴 때처럼,
그리고, 아무것도 변하지 않은 채,
모든 것이 다양하게 모습을 드러낸다.

아 국가-선들이 출항하는 위대한 부두!
영원하고 신성한, 예전의 위대한 부두!
어느 부두에서? 어느 물에서? 그리고 나는 왜 이걸
    생각하는가?
다른 부두들처럼 위대한, 그러나 유일무이한 부두.
그것들처럼 새벽녘의 소문 자자한 침묵들로 가득한.
화물 열차들의 도착들과
기중기들의 소음 속에 아침과 함께 꽃피는,
인근 공장들의 굴뚝 연기의
검고 드문드문하고 가벼운 구름 아래
반짝이는 조그만 숯의 검은 땅이 그늘진다,
응달진 물 위로 지나가는 구름 그늘처럼.
아, 어떤 신비와 의미의 멈춰 선 본질이
번민과 침묵 색의 시간에
계시적이고 신적인 환희 속에
그 부두와 어느 부두 사이의 다리가 아닐까!

Cais negramente reflectido nas águas paradas,

Bulício a bordo dos navios,

Ó alma errante e instável da gente que anda embarcada,

Da gente simbólica que passa e com quem nada dura,

Que quando o navio volta ao porto

Há sempre qualquer alteração a bordo!

Ó fugas contínuas, idas, ebriedade do Diverso!

Alma eterna dos navegadores e das navegações!

Cascos reflectidos de vagar nas águas,

Quando o navio larga do porto!

Flutuar como alma da vida, partir como voz,

Viver o momento tremulamente sobre águas eternas.

Acordar para dias mais directos que os dias da Europa,

Ver portos misteriosos sobre a solidão do mar,

Virar cabos longínquos para súbitas vastas paisagens

Por inumeráveis encostas atónitas…

Ah, as praias longínquas, os cais vistos de longe,

E depois as praias próximas, os cais vistos de perto.

O mistério de cada ida e de cada chegada,

정지한 물에 거무스름 반사되는 부두,
선상의 소란,
오 배 타고 다니는 사람들의
스쳐 지나가는 상징적인 사람들의, 무엇 하나 오래가지 않는
　　사람들의, 불안정한 떠돌이 영혼,
배가 항구로 돌아갈 때면
선상에는 늘 뭐라도 변화가 있으니!

오 끝없는 탈주들, 출항들, 다양성의 취기!
항해사들과 항해들의 영원한 영혼!
배가 항구에서 멀어질 때,
천천히 물에 비치는 선체!
삶의 영혼처럼 부유하고, 목소리처럼 떠나는 것,
영원의 물 위로 흔들리며 그 순간을 사는 것.
유럽 대륙의 날들보다 더 즉시 깨어나는 것,
바다의 적막 위로 신비로운 항구들을 보는 것,
머나먼 곳들을 도는 것, 셀 수 없는 아찔한 비탈들의
느닷없이 광활한 풍경으로……

아, 머나먼 해안들, 멀리서 본 부두들,
그리고 가까운 해변들, 가까이서 본 부두들.
모든 출항과 모든 입항의 신비,

A dolorosa instabilidade e incompreensibilidade

Deste impossível universo

A cada hora marítima mais na própria pele sentido!

O soluço absurdo que as nossas almas derramam

Sobre as extensões de mares diferentes com ilhas ao longe,

Sobre as ilhas longínquas das costas deixadas passar,

Sobre o crescer nítido dos portos, com as suas casas e a sua gente,

Para o navio que se aproxima.

Ah, a frescura das manhãs em que se chega,

E a palidez das manhãs em que se parte,

Quando as nossas entranhas se arrepanham

E uma vaga sensação parecida com um medo

— O medo ancestral de se afastar e partir,

O misterioso receio ancestral à Chegada e ao Novo —

Encolhe-nos a pele e agonia-nos,

E todo o nosso corpo angustiado sente,

Como se fosse a nossa alma,

Uma inexplicável vontade de poder sentir isto doutra maneira:

Uma saudade a qualquer cousa,

Uma perturbação de afeições a que vaga pátria?

A que costa? a que navio? a que cais?

이 불가능한 우주의
고통스러운 불안정성과 이해 불가능성
모든 항해의 시간들마다 더욱더 피부로 느껴지는!
우리 영혼이 흘리는 터무니없는 흐느낌,
다른 바다들과 먼 섬들로의 연장선 위로,
그냥 지나치게 내버려 둔 해안의 먼 섬들 위로,
시야에 뚜렷해지는 항구들, 그 집들과 사람들 위로,
점차 다가오는 배에게로.

아, 도착하는 아침들의 상쾌함,
그리고 출발하는 아침들의 창백함,
우리들의 내장이 긴장할 때
그리고 두려움을 닮은 모호한 감각
── 멀어지고 떠나는 것에 대한 고대의 두려움,
도착과 새로움에 대한 신비로운 고대의 근심 ──
그것이 우리를 피부부터 움츠러들게 괴롭힐 때,
그리고 괴로운 우리의 온몸은 느낀다,
마치 그게 우리의 영혼인 것처럼,
이것을 다른 방식으로 감각하고 싶은 설명할 수 없는 욕구를.
무언가에 대한 향수,
어느 모호한 나라를 향한 애착으로 인한 당혹감?
어느 해안? 어느 배? 어느 항구를 향한?

Que se adoece em nós o pensamento
E só fica um grande vácuo dentro de nós,
Uma oca saciedade de minutos marítimos,
E uma ansiedade vaga que seria tédio ou dor
Se soubesse como sê-lo...

A manhã de verão está, ainda assim, um pouco fresca.
Um leve torpor de noite anda ainda no ar sacudido.
Acelera-se ligeiramente o volante dentro de mim.
E o paquete vem entrando, porque deve vir entrando sem dúvida,
E não porque eu o veja mover-se na sua distância excessiva.

Na minha imaginação ele está já perto e é visível
Em toda a extensão das linhas das suas vigias,
E treme em mim tudo, toda a carne e toda a pele,
Por causa daquela criatura que nunca chega em nenhum barco
E eu vim esperar hoje ao cais, por um mandado oblíquo.

Os navios que entram a barra,
Os navios que saem dos portos,
Os navios que passam ao longe
(Suponho-me vendo-os duma praia deserta) —

생각이 우리 안에서 병들고,
우리 안에는 커다란 공허만 남도록,
해상의 시간들로 인한 텅 빈 포만,
그리고 싫증 아니면 아픔일 희미한 괴로움
어떻게 그것이 되는지 알았다면……

여름 아침이, 아직도 이렇게, 조금은 서늘하구나.
흔들리는 대기 속에서 밤의 경미한 무기력이 아직도 떠돈다.
내 안의 타륜이 희미하게 가속한다.
그리고 여객선이 입항을 한다, 어김없이 들어와야 하기에,
내가 그 먼 거리에서 움직이는 걸 봐서가 아니라.

내 상상 속에서 그것은 이미 가깝고도 또렷하다
그 현창(舷窓)[13]의 모든 연장선상에서,
그리고 그 어떤 배로도 절대 도착하지 않는 그 존재 때문에
내 안의 전부, 온 살과 피부가 떨리고,
오늘 내가 모호한 사명을 띠고, 부두에 기다리러 왔다.

항구의 입구로 들어오는 배들,
항구로부터 떠나가는 배들,
저 멀리 지나가는 배들,
(황량한 해변에서 그것들이 내게 오는 걸 상상한다.) ──

Todos estes navios abstractos quase na sua ida,

Todos estes navios assim comovem-me como se fossem outra

    cousa

E não apenas navios, navios indo e vindo.

E os navios vistos de perto, mesmo que se não vá embarcar neles,

Vistos de baixo, dos botes, muralhas altas de chapas,

Vistos dentro, através das câmaras, das salas, das despensas,

Olhando de perto os mastros, afilando-se lá prò alto,

Roçando pelas cordas, descendo as escadas incómodas,

Cheirando a untada mistura metálica e marítima de tudo

    aquilo —

Os navios vistos de perto são outra cousa e a mesma cousa,

Dão a mesma saudade e a mesma ânsia doutra maneira.

Toda a vida marítima! tudo na vida marítima!

Insinua-se no meu sangue toda essa sedução fina

E eu cismo indeterminadamente as viagens.

Ah, as linhas das costas distantes, achatadas pelo horizonte!

Ah, os cabos, as ilhas, as praias areentas!

As solidões marítimas, como certos momentos no Pacífico

Em que não sei por que sugestão aprendida na escola

막 떠나려는 이 모든 추상적인 배들,
이 모든 배들이 이렇게 내 마음을 움직인다, 단지 오고 가는
　　배들이 아니라
다른 무언가라도 되는 것처럼.

그리고 가까이서 보이는 배들, 거기 타지는 않더라도
밑에서, 작은 배에서, 철판으로 만들어진 높은 벽들에서 본
　　배들,
안에서, 선실들, 거실들, 창고들을 통해서 본,
저기 높다랗게 뾰족한, 돛대를 가까이서 보고,
로프를 손으로 스치면서, 불편한 계단들을 내려오는,
바다 내음과 금속성이 뒤섞인 온갖 냄새를 풍기는 ——
가까이서 보이는 배들은 같으면서도 다른 것이다,
똑같은 향수와 똑같은 갈망을 다른 방식으로 일으킨다.

이 모든 항해 인생이여! 항해 인생의 모든 것이여!
이 모든 정치(精緻)한 유혹이 내 피를 타고 들어오고
나는 여행 생각에 정처 없이 빠져든다.
아, 수평선으로 평평해진, 저 머나먼 해안선들이여!
아, 곶들, 섬들, 모래 가득한 해변들이여!
해상의 고독들, 대서양에서의 어떤 순간들처럼
학교에서 어떤 연유로 배웠는지는 모르겠지만

Se sente pesar sobre os nervos o facto de que aquele é o maior
    dos oceanos
E o mundo e o sabor das cousas tornam-se um deserto dentro
    de nós!
A extensão mais humana, mais salpicada, do Atlântico!
O Índico, o mais misterioso dos oceanos todos!
O Mediterrâneo, doce, sem mistério nenhum, clássico, um mar
    p'ra bater
De encontro a esplanadas olhadas de jardins próximos por
    estátuas brancas!
Todos os mares, todos os estreitos, todas as baías, todos os golfos,
Queria apertá-los ao peito, senti-los bem e morrer!

E vós, ó cousas navais, meus velhos brinquedos de sonho!
Componde fora de mim a minha vida interior!
Quilhas, mastros e velas, rodas do leme, cordagens,
Chaminés de vapores, hélices, gáveas, flâmulas,
Galdropes, escotilhas, caldeiras, colectores, válvulas,
Caí por mim dentro em montão, em monte,
Como o conteúdo confuso de uma gaveta despejada no chão!
Sede vós o tesouro da minha avareza febril,

그것이 대양들 중 가장 크다는 사실의 무게가 신경으로
　　전해지는
그리고 세계와 사물에 대한 미각이 우리 안에서 사막으로
　　변한다!
대서양의 확장 중에서 가장 인간적이고, 가장 얼룩진!
모든 대양들 중 가장 신비로운, 인도양!
신비라고는 없는 달콤하고 고전적인, 지중해,
인근 정원의 흰 조각상들이 지켜보는 둔치에 부딪히는
　　바다!
모든 바다들, 모든 해협들, 크고 작은 모든 만(灣)들,
나는 그것들을 가슴에 끌어안고, 제대로 느끼고 죽고
　　싶다!

그리고 너희, 해상의 것들, 내 꿈의 낡은 장난감들!
내 삶 밖에서 나의 내면을 이루거라!
용골(龍骨), 돛대와 닻들, 키 바퀴, 밧줄들,
배 굴뚝, 프로펠러, 중간 돛, 삼각기들,
키 보조 밧줄, 승강구들, 보일러 기관, 취집기(聚集器),
　　밸브들,
내 안에 떨어져라 무더기로, 산더미처럼,
땅바닥에 털어 낸 서랍의 잡다한 내용물들처럼!
내 열렬한 탐욕의 보물이 되어 다오,

Sede vós os frutos da árvore da minha imaginação,
Tema de cantos meus, sangue nas veias da minha inteligência,
Vosso seja o laço que me une ao exterior pela estética,
Fornecei-me metáforas, imagens, literatura,
Porque em real verdade, a sério, literalmente,
Minhas sensações são um barco de quilha prò ar,
Minha imaginação uma âncora meio submersa,
Minha ânsia um remo partido,
E a tessitura dos meus nervos uma rede a secar na praia!

Soa no acaso do rio um apito, só um.
Treme já todo o chão do meu psiquismo.
Acelera-se cada vez mais o volante dentro de mim.

Ah, os paquetes, as viagens, o não-se-saber-o-paradeiro
De Fulano-de-tal, marítimo, nosso conhecido!
Ah, a glória de se saber que um homem que andava connosco
Morreu afogado ao pé duma ilha do Pacífico!
Nós que andámos com ele vamos falar nisso a todos,
Com um orgulho legítimo, com uma confiança invisível
Em que tudo isso tenha um sentido mais belo e mais vasto
Que apenas o ter-se perdido o barco onde ele ia

내 상상 속 나무의 열매가 되어 다오,
내 노래의 주제가, 내 지성의 정맥 속 피가,
나를 미학으로 외부와 이어 줄 끈이 되어 다오,
내게 비유, 상상, 문학을 공급해 다오,
왜냐하면 진짜로 현실적으로, 정말, 문자 그대로,
내 감각들은 공기 중의 용골선,
내 상상은 반쯤 잠긴 닻,
내 근심은 부러진 노이고,
내 신경망은 해변에서 말리는 그물이니!

강에서 우연한 기적 소리가 들린다, 단 한 번.
이제 내 영혼의 지반이 전부 흔들린다.
내 안의 타륜이 점점 더 빨리 돈다.

아, 여객선들, 여행들, 아무개의
정착지 알 길 없음, 해상의, 우리의 지인!
아, 우리 동행 중 한 사람이 태평양의
어느 섬 부근에서 익사했다는 것을 아는 영광!
그와 다니던 우리는 모두에게 이 얘기를 할 것이다,
정당한 자부심과, 보이지 않는 확신을 가지고
이 모든 게 단지 그가 몰던 배를 잃은 것 그리고
물이 그의 허파로 들어가 저 깊이 가라앉은 것 이상의

E ele ter ido ao fundo por lhe ter entrado água pròs pulmões!

Ah, os paquetes, os navios-carvoeiros, os navios de vela!
Vão rareando —— ai de mim! —— os navios de vela nos mares!
E eu, que amo a civilização moderna, eu que beijo com a alma
    as máquinas,
Eu o engenheiro, eu o civilizado, eu o educado no estrangeiro,
Gostaria de ter outra vez ao pé da minha vista só veleiros e
    barcos de madeira,
De não saber doutra vida marítima que a antiga vida dos mares!
Porque os mares antigos são a Distância Absoluta,
O Puro Longe, liberto do peso do Actual...
E ah, como aqui tudo me lembra essa vida melhor,
Esses mares, maiores, porque se navegava mais devagar.
Esses mares, misteriosos, porque se sabia menos deles.

Todo o vapor ao longe é um barco de vela perto.
Todo o navio distante visto agora é um navio no passado visto próximo.
Todos os marinheiros invisíveis a bordo dos navios no horizonte
São os marinheiros visíveis do tempo dos velhos navios,
Da época lenta e veleira das navegações perigosas,
Da época de madeira e lona das viagens que duravam meses.

더 아름답고 더 드넓은 의미가 있다고!

아, 여객선들, 석탄 실은 배들, 범선들!
아 저런! 갈수록 바다에 범선이 드물구나!
그리고 나, 현대 문명을 사랑하는, 영혼을 담아 기계에
　　키스하는 나,
엔지니어인 나, 문명화된 나, 외국에서 교육받은 내가,
다시 한번 눈앞에 범선과 목선만 보이고,
옛날 방식 이외의 바다 인생은 몰랐으면 좋겠다!
오래된 바다들은 **절대적인 거리**이기에,
순수히 먼 곳, 현재의 무게로부터 자유로이……
그리고 아, 여기 이 모든 게 더 나은 그 삶을 어찌나
　　떠올리는지,
더 느리게 항해했기에, 더 넓었던 그 바다들,
더 적게 알았기에, 신비했던 그 바다들.

모든 멀리 있는 증기선은 가까이 있는 돛배.
지금 멀리 보이는 모든 배는 가까이서 본 과거의 배.
수평선의 배들에 승선한 모든 보이지 않는 선원들,
그들은 구식 배들의 시기에는 눈에 보이던 선원들,
항해가 위험하고 느리던 돛배 시절의,
나무와 돛의 시대에 몇 달씩 걸리던 여행의.

Toma-me pouco a pouco o delírio das cousas marítimas,

Penetram-me fisicamente o cais e a sua atmosfera,

O marulho do Tejo galga-me por cima dos sentidos,

E começo a sonhar, começo a envolver-me do sonho das águas,

Começam a pegar bem as correias-de-transmissão na
    minh'alma

E a aceleração do volante sacode-me nitidamente.

Chamam por mim as águas,

Chamam por mim os mares.

Chamam por mim, levantando uma voz corpórea, os longes,

As épocas marítimas todas sentidas no passado, a chamar.

Tu, marinheiro inglês, Jim Barns meu amigo, foste tu

Que me ensinaste esse grito antiquíssimo, inglês,

Que tão venenosamente resume

Para as almas complexas como a minha

O chamamento confuso das águas,

A voz inédita e implícita de todas as cousas do mar,

Dos naufrágios, das viagens longínquas, das travessias
    perigosas.

바다 사물들의 현기증이 나를 조금씩 잠식한다,
부두와 그 주위 분위기가 내 안으로 물리적으로 침투한다,
테주의 파도 물결이 내 감각들 위로 차오르며,
나는 꿈꾸기 시작하고, 물들의 꿈으로 나를 두르기 시작한다,
내 영혼에서 동력전달장치의 벨트들이 착 감겨 돌아가기
　　　시작하면서
타륜의 가속이 나를 확연히 흔든다.

물들이 나를 부른다,
바다들이 나를 부른다.
육체적인 목소리를 키우며, 저 멀리서 나를 부른다,
과거로부터 느껴지는 모든 항해 시대들이, 불러 댄다.

너, 영국인 항해사, 나의 친구 짐 반스, 바로 너였어,
나에게 굉장히 오래된, 영국식 고함을 가르쳐 준 게,
내 것처럼 복잡한 영혼들을 위해
너무나 독하게 압축해 버리는,
물들의 혼란스런 외침,
난파, 장거리 여행, 위험한 횡단들,
바다의 모든 것에 관한 낯설고 의미심장한 목소리,

Esse teu grito inglês, tornado universal no meu sangue,

Sem feitio de grito, sem forma humana nem voz,

Esse grito tremendo que parece soar

De dentro duma caverna cuja abóbada é o céu

E parece narrar todas as sinistras cousas

Que podem acontecer no Longe, no Mar, pela Noite...

(Fingias sempre que era por uma escuna que chamavas,

E dizias assim, pondo uma mão de cada lado da boca,

Fazendo porta-voz das grandes mãos curtidas e escuras:

Ahò ò-ò ò-ò-ò-ò-ò ò-ò ò----yyyy...

Schooner ahò-ò-ò ò-ò-ò-ò ò-ò-ò-ò-ò-ò----yyyy...)

Escuto-te de aqui, agora, e desperto a qualquer cousa.

Estremece o vento. Sobe a manhã. O calor abre.

Sinto corarem-me as faces.

Meus olhos conscientes dilatam-se.

O êxtase em mim levanta-se, cresce, avança,

E com um ruído cego de arruaça acentua-se

O giro vivo do volante.

영어로 지르는 너의 그 고함, 내 핏속에서 보편적인 것으로
　　변한 그것은,
외침으로 만들어진 것도 아니며, 인간의 형체나 목소리도 없는,
그 엄청난 함성은 둥근 천장이 하늘인
어느 동굴 속에 울리는 것만 같았고
모든 사악한 것들을 이야기하는 것만 같았지
저 먼 곳, 바다에서, 밤에 일어날 법한 것들……
(너는 늘 스쿠너[14] 배를 부르는 척하며,
이렇게 말했지, 어둡게 그을린 커다란 두 손을
양 입가에 가져다 대어 확성기를 만들고는:

아호오-오-오-오-오-오-오-오-오-오-오- -이이이이…….
스쿠너 아호-오-오-오-오-오-오-오-오-오-오-오-이이이이…….)

지금, 바로 여기서 네가 들린다, 그리고 나는 무언가로 깨어난다.
바람이 떨린다. 아침이 올라온다. 더위가 열린다.
내 얼굴이 빨개지는 게 느껴진다.
내 의식 있는 동공들이 확장된다.
내 안의 환희가 일어나고, 자라나, 전진하며,
시끄럽고 눈먼 소음으로 한층 고조되는
타륜의 활기찬 회전.

Ó clamoroso chamamento
A cujo calor, a cuja fúria fervem em mim
Numa unidade explosiva todas as minhas ânsias,
Meus próprios tédios tornados dinâmicos, todos!...
Apelo lançado ao meu sangue
Dum amor passado, não sei onde, que volve
E ainda tem força para me atrair e puxar,
Que ainda tem força para me fazer odiar esta vida
Que passo entre a impenetrabilidade física e psíquica
Da gente real com que vivo!

Ah, seja como for, seja para onde for, partir!
Largar por aí fora, pelas ondas, pelo perigo, pelo mar,
Ir para Longe, ir para Fora, para a Distância Abstracta,
Indefinidamente, pelas noites misteriosas e fundas,
Levado, como a poeira, p'los ventos, p'los vendavais!
Ir, ir, ir, ir de vez!
Todo o meu sangue raiva por asas!
Todo o meu corpo atira-se prà frente!
Galgo p'la minha imaginação fora em torrentes!
Atropelo-me, rujo, precipito-me!...
Estoiram em espuma as minhas ânsias

아 요란한 외침
그 열기, 그 분노가 내 안에 끓어오르는구나
내 모든 열망이 뭉쳐진 폭발적인 덩어리에서,
나의 싫증들까지 역동적으로 변하네, 전부……!
나의 피를 향해 던져진 부름
어디인지 모르는, 과거의 사랑으로부터, 되돌아오는,
아직도 나를 매료하고 끄는 힘을 지니고,
아직도 내가 이 삶을 증오하도록 만드는 힘을 가지고
정신적 그리고 육체적인 침투 불가능성 사이에서 보내는
나와 함께 살아가는 진짜 인간들의 이 삶!

아, 어떻게 되건, 어디가 되건 간에, 떠나기!
저 너머로 멀어지며, 파도로, 위험으로, 바다로,
아득함을 향해, **바깥**을 향해, **추상적 거리**를 향해,
신비로운 깊은 밤으로, 무한정,
티끌처럼, 바람에, 강풍에 실려서!
가라, 가라, 영영 가 버리기!
내 모든 피가 날개를 갈구한다!
내 온몸이 앞으로 던져진다!
내 상상을 타고 급류 속에서 솟아오른다!
내가 나를 짓밟고, 포효하고, 돌진한다……!
내 갈망들은 거품으로 폭발하고

E a minha carne é uma onda dando de encontro a rochedos!

Pensando nisto — ó raiva! pensando nisto — ó fúria!
Pensando nesta estreiteza da minha vida cheia de ânsias,
Subitamente, tremulamente, extraorbitadamente,
Com uma oscilação viciosa, vasta, violenta,
Do volante vivo da minha imaginação,
Rompe, por mim, assobiando, silvando, vertiginando,
O cio sombrio e sádico da estrídula vida marítima.

Eh marinheiros, gajeiros! eh tripulantes, pilotos!
Navegadores, mareantes, marujos, aventureiros!
Eh capitães de navios! homens ao leme e em mastros!
Homens que dormem em beliches rudes!
Homens que dormem co'o Perigo a espreitar p'las vigias!
Homens que dormem co'a Morte por travesseiro!
Homens que têm tombadilhos, que têm pontes donde olhar
A imensidade imensa do mar imenso!
Eh manipuladores dos guindastes de carga!
Eh amainadores de velas, fogueiros, criados de bordo!
Homens que metem a carga nos porões!

내 삶은 벼랑에 부딪히는 파도다!

이걸 생각하노라니 ─ 오 분노! 이걸 생각하노라니 ─ 오 격노!
근심 가득한 내 삶의 옹졸함을 생각하니,
갑자기, 몸서리치며, 궤도를 벗어나,
내 상상의 살아 있는 타륜의
악랄한, 어머어마한, 격렬한 진동과 함께,
휘파람와 휭 소리를 내며, 현기증을 일으키면서 내게서
　　부서져 나온다,
째는 듯 날카로운 항해 인생의 어둡고 사디스트적인 발정이.

여어 선원들, 장루원(檣樓員)[15]들! 여어 승무원들, 도선사들!
항해사들, 수부(水夫)들, 뱃사람들, 모험가들!
여어 배의 선장들! 키와 돛대에 있는 사람들!
너절한 선실에서 잠자는 사람들!
현창(舷窓)으로 엿보는 위험을 안고 자는 사람들!
죽음을 베개 삼아 베고 자는 사람들!
이 광대한 바다의 광대한 광대함을
지켜볼 갑판과 교루(橋樓)가 있는 사람들!
여어 화물 기중기를 조종하는 자들!
여어 돛 내리는 사람들, 화부들, 배의 급사들!

Homens que enrolam cabos no convés!

Homens que limpam os metais das escotilhas!

Homens do leme! homens das máquinas! homens dos
mastros!

Eh-eh-eh-eh-eh-eh-eh!

Gente de boné de pala! Gente de camisola de malha!

Gente de âncoras e bandeiras cruzadas bordadas no peito!

Gente tatuada! gente de cachimbo! gente de amurada!

Gente escura de tanto sol, crestada de tanta chuva,

Limpa de olhos de tanta imensidade diante deles,

Audaz de rosto de tantos ventos que lhes bateram a valer!

Eh-eh-eh-eh-eh-eh-eh!

Homens que vistes a Patagónia!

Homens que passastes pela Austrália!

Que enchestes o vosso olhar de costas que nunca verei!

Que fostes a terra em terras onde nunca descerei!

Que comprastes artigos toscos em colónias à proa de
sertões!

E fizestes tudo isso como se não fosse nada,

Como se isso fosse natural,

Como se a vida fosse isso,

Como nem sequer cumprindo um destino!

선창(船艙)에 선적하는 사람들!
갑판에서 밧줄 감는 사람들!
승강구의 금속을 갈고 닦는 사람들!
조타수들! 기계 담당자들! 돛을 맡은 사람들!
예-에-에-에-에-에-에!
챙모자 쓴 사람들! 편물(編物) 내의를 입은 사람들!
가슴에 닻과 국기들을 수놓은 사람들!
문신한 사람들! 파이프 문 사람들! 뱃전에 있는 사람들!
해를 너무 많이 쐬어 피부가 그을린, 너무 많은 비에 타 버린
　　　사람들,
눈앞의 엄청난 무한함에 눈이 깨끗이 닦인 사람들,
극심한 바람에 제대로 부딪혀 생긴 얼굴의 담대함!
예-에-에-에-에-에!
파타고니아를 본 사람들!
오스트레일리아를 지나온 사람들!
나는 영영 보지 못할 해안들로 눈을 가득 채운!
나는 절대 밟지 못할 땅들에 발을 디뎌 본!
오지(奧地)들의 뱃머리 식민지에서 투박한 물품들을 사들인!
그리고 이 모든 걸 아무것도 아니라는 듯이 했지,
이것이 마치 자연스럽다는 듯,
이것이 마치 인생이라는 듯,
운명을 따르는 것조차 아니라는 듯!

Eh-eh-eh-eh-eh-eh-eh!

Homens do mar actual! homens do mar passado!

Comissários de bordo! escravos das galés! combatentes de
 Lepanto!

Piratas do tempo de Roma! Navegadores da Grécia!

Fenícios! Cartagineses! Portugueses atirados de Sagres

Para a aventura indefinida, para o Mar Absoluto, para realizar o
 Impossível!

Eh-eh-eh-eh-eh-eh-eh eh-eh!

Homens que erguestes padrões, que destes nomes a cabos!

Homens que negociastes pela primeira vez com pretos!

Que primeiro vendestes escravos de novas terras!

Que destes o primeiro espasmo europeu às negras atónitas!

Que trouxestes ouro, missanga, madeiras cheirosas, setas,

De encostas explodindo em verde vegetação!

Homens que saqueastes tranquilas povoações africanas,

Que fizestes fugir com o ruído de canhões essas raças,

Que matastes, roubastes, torturastes, ganhastes

Os prémios de Novidade de quem, de cabeça baixa,

Arremete contra o mistério de novos mares! Eh-eh-eh-eh-eh!

A vós todos num, a vós todos em vós todos como um,

A vós todos misturados, entrecruzados,

예-에-에-에-에-에!

오늘날의 뱃사람들! 과거 뱃사람들!

사무장(事務長)들! 갤리선의 노예들! 레판토의 용사들!

로마 시대의 해적들! 그리스의 항해술사들!

페니키아인들! 카르타고인들! 사그레스에서 절대의 바다를
　　　향해,

불가능을 현실화하기 위해, 끝 모를 모험으로 뛰어든
　　　포르투갈인들!

예-에-에-에-에-에-에-에-에!

기념비를 세운 사람들, 곳들에 이름 붙인 사람들!

처음으로 흑인들과 무역을 한 사람들!

처음으로 신대륙의 노예들을 매매한 자들!

놀란 흑인 여성들에게 처음으로 유럽의 경련을 선사한 자들!

초목이 폭발적으로 우거진 비탈들에서

금, 유리구슬, 향 나는 나무, 화살을 들여온 자들!

평화로운 아프리카의 부락들을 약탈한 자들,

이 부족들을 대포 소리로 도망가게 만든,

죽이고, 훔치고, 고문하고,

새로운 바다들의 신비로, 저돌적으로 달려들어

새로움의 포상들을 거머쥔 자들! 예-에-에-에-에!

당신들 모두에게 한번에, 당신들 모두에게 마치 한 명인 것처럼,

당신들 모두에게, 뒤섞인, 잡종처럼 이리저리 섞인,

A vós todos sangrentos, violentos, odiados, temidos,
  sagrados,
Eu vos saúdo, eu vos saúdo, eu vos saúdo!
Eh-eh-eh-eh eh! Eh eh-eh-eh eh! Eh-eh-eh eh-eh-eh eh!
Eh-lahô-lahô-laHO—— lahá-á-á-à à!

Quero ir convosco, quero ir convosco,
Ao mesmo tempo com vós todos
P'ra toda a parte pr'onde fostes!
Quero encontrar vossos perigos frente a frente,
Sentir na minha cara os ventos que engelharam as vossas,
Cuspir dos lábios o sal dos mares que beijaram os vossos,
Ter braços na vossa faina, partilhar das vossas tormentas,
Chegar como vós, enfim, a extraordinários portos!
Fugir convosco à civilização!
Perder convosco a noção da moral!
Sentir mudar-se no longe a minha humanidade!
Beber convosco em mares do sul
Novas selvagerias, novas balbúrdias da alma,
Novos fogos centrais no meu vulcânico espírito!

당신들 모두, 피범벅의, 폭력적이고, 미움받고, 무서워하며,
　　숭배받는,
당신들에게 나 경의를 표하오, 당신들에게 인사하오, 나
　　그대들에게 절하오!
예-에-에-에-에! 에-에-에-에-에! 에-에-에-에-에-에-에!
예 라호-라호 라호-라하-아-아-아-아!

당신들과 함께 가고 싶다, 나도 당신들과 함께
당신들 모두와 동시에
당신들이 가 본 모든 곳들로!
당신들이 맞닥뜨린 위험들을 정면으로 마주하고 싶다,
당신들의 얼굴을 주름지게 한 바람을 내 얼굴로 느끼고,
당신들의 입술에 입 맞춘 바다의 소금기를 내 입술로 뱉어
　　내고,
당신들의 선내 작업을 거들고, 당신들의 폭풍을 함께 겪고,
당신들처럼, 마침내, 예사롭지 않은 항구들에 도착하고!
당신들과 함께 문명으로부터 도망치고!
당신들과 함께 도덕관념을 잃고!
멀리서 내 인간성이 변하는 걸 느끼고!
당신들과 남쪽 바다에서
새로운 야만성, 새로운 영혼의 소요,
내 화산 같은 정신 속에서 새로운 중심의 불꽃들을 마시고!

Ir convosco, despir de mim — ah! póe-te daqui p'ra fora! —

O meu traje de civilizado, a minha brandura de acções,

Meu medo inato das cadeias,

Minha pacífica vida,

A minha vida sentada, estática, regrada e revista!

No mar, no mar, no mar, no mar,

Eh! pôr no mar, ao vento, às vagas,

A minha vida!

Salgar de espuma arremessada pelos ventos

Meu paladar das grandes viagens,

Fustigar de água chicoteante as carnes da minha aventura,

Repassar de frios oceânicos os ossos da minha existência,

Flagelar, cortar, engelhar de ventos, de espumas, de sóis,

Meu ser ciclónico e atlântico,

Meus nervos postos como enxárcias,

Lira nas mãos dos ventos!

Sim, sim, sim... Crucificai-me nas navegações

E as minhas espáduas gozarão a minha cruz!

당신들과 함께, 나 자신을 벗어던지고 싶다 ── 아! 여기
　　밖으로 나가! ──
내 문명의 정장을, 내 행동들의 점잖음을,
쇠사슬에 대한 타고난 내 두려움을,
내 평화스러운 삶을,
정적인, 늘 앉아 있는, 규칙적이고 교정된 내 삶을!

바다에, 바다에, 바다에, 바다에다,
여어! 바다 위에다 놓아라, 바람에, 파도에,
내 삶을!
바람에 휘날리는 거품으로
내 원대한 여행들에의 입맛에 소금을 치고,
내 모험의 살들을 채찍질하는 물로 때리고,
내 존재의 뼈들을 대양의 냉기에 흠뻑 적시고,
매질하고, 자르고, 바람과 거품과 태양으로 쭈글쭈글하게
　　만들고,
선풍(旋風) 같은, 대서양 같은 나의 존재,
돛대 밧줄처럼 늘어뜨린 나의 신경들,
바람의 손에 들린 수금(竪琴)!

그래, 그래, 그래…… 항해 중 나를 십자가에 못 박아라
내 어깻죽지는 내 십자가를 즐길 것이다!

Atai-me às viagens como a postes
E a sensação dos postes entrará pela minha espinha
E eu passarei a senti-los num vasto espasmo passivo!
Fazei o que quiserdes de mim, logo que seja nos mares,
Sobre conveses, ao som de vagas,
Que me rasgueis, mateis, firais!
O que quero é levar prà Morte
Uma alma a transbordar de Mar,
Ébria a cair das cousas marítimas,
Tanto dos marujos como das âncoras, dos cabos,
Tanto das costas longínquas como do ruído dos ventos,
Tanto do Longe como do Cais, tanto dos naufrágios
Como dos tranquilos comércios,
Tanto dos mastros como das vagas,
Levar prà Morte com dor, voluptuosamente,
Um corpo cheio de sanguessugas, a sugar, a sugar,
De estranhas verdes absurdas sanguessugas marítimas!

Façam enxárcias das minhas veias!
Amarras dos meus músculos!
Arranquem-me a pele, preguem-na às quilhas.

기둥에 묶듯이 나를 여행들에 동여매라
기둥의 감각이 내 척추로 들어와
광범위하고 수동적인 환희로 느껴질 것이다!
바다에서 하는 한, 나를 맘대로 다루어라,
갑판 위에서, 파도 소리 속에,
나를 할퀴고, 죽이고, 상처 내라!
내가 원하는 바는 **죽음**에 이르는 것
바다로 넘쳐흐르는 영혼,
해상의 사물들에 만취한,
선원은 물론이고 닻들, 밧줄에도,
먼 해안들은 물론 바람의 소리에도,
멀리는 물론이고 **부두**에도, 난파는 물론이고
평온한 상거래에도,
돛대들은 물론 파도들에도,
고통스러워하며 **죽음**에 이르라, 쾌락에 탐닉하며,
거머리로 가득한 몸뚱이, 빨고 또 빨아 대는
괴상한 녹색의 말도 안 되는 바다 거머리들!

내 정맥을 가지고 돛대 밧줄을 만들라!
내 근육을 가지고는 닻줄을!
내 피부를 벗겨, 용골에 못 박아라.

E possa eu sentir a dor dos pregos e nunca deixar de sentir!
Façam do meu coração uma flâmula de almirante
Na hora de guerra dos velhos navios!
Calquem aos pés nos conveses meus olhos arrancados!
Quebrem-me os ossos de encontro às amuradas!
Fustiguem-me atado aos mastros, fustiguem-me!
A todos os ventos de todas as latitudes e longitudes
Derramem meu sangue sobre as águas arremessadas
Que atravessam o navio, o tombadilho, de lado a lado,
Nas vascas bravas das tormentas!

Ter a audácia ao vento dos panos das velas!
Ser, como as gáveas altas, o assobio dos ventos!
A velha guitarra do Fado dos mares cheios de perigos,
Canção para os navegadores ouvirem e não repetirem!

Os marinheiros que se sublevaram
Enforcaram o capitão numa verga.
Desembarcaram um outro numa ilha deserta.
Marooned!
O sol dos trópicos pôs a febre da pirataria antiga

내가 못들의 고통을 느끼도록 그리고 절대 느끼는 걸
　　멈추지 않도록!
내 심장으로 전쟁 시기 오래된 배들의
해군 제독의 삼각기를 만들어라!
내 눈알들을 뽑아 갑판에다 발로 짓이겨라!
내 뼈들을 뱃전에다 내던져 부러뜨려라!
돛대에 동여매고 날 채찍질하라, 채찍질해!
모든 위도와 경도의 모든 바람들에
나의 피를 흘려라, 뒷갑판을 가로질러,
배의 이쪽저쪽을 가로질러 흐르는 물 위에,
폭풍의 거친 발작들에!

바람에 맞서 돛천의 담대함을 가지는 것!
높은 장루(墻樓)[16]들처럼, 바람의 휘파람 소리가 되는 것!
위험천만한 바다에 관한 오래된 파두 기타,
한 번 듣고 다시는 반복하지 않을 선원들을 위한 노래!

선상 반란을 일으킨 선원들은
돛 가름대에 선장을 목매달았다.
다른 한 명은 무인도에 버려졌다.
표류됐다!
열대의 태양은 내 긴장한 정맥들의

167

Nas minhas veias intensivas.

Os ventos da Patagónia tatuaram a minha imaginação

De imagens trágicas e obscenas.

Fogo, fogo, fogo, dentro de mim!

Sangue! sangue! sangue! sangue!

Explode todo o meu cérebro!

Parte-se-me o mundo em vermelho!

Estoiram-me com o som de amarras as veias!

E estala em mim, feroz, voraz,

A canção do Grande Pirata,

A morte berrada do Grande Pirata a cantar

Até meter pavor p'las espinhas dos seus homens abaixo.

Lá da ré a morrer, e a berrar, a cantar:

Fifteen men on the Dead Man's Chest.

Yo-ho-ho and a bottle of rum!

E depois a gritar, numa voz já irreal, a estoirar no ar:

Darby M'Graw-aw-aw-aw-aw!

Darby M'Graw-aw-aw-aw aw-aw-aw-aw!

Fetch a-a-aft the ru-u-u-u-u-u-u-um, Darby!

오래된 해적질의 열기를 고조시켰다.
파타고니아의 바람들이 내 상상을
비극적이고 음란한 이미지들로 문신 새겼다.
불, 불, 내 안의 불!
피! 피! 피! 피!
나의 뇌가 전부 폭발한다!
나의 세상이 붉게 산산조각 난다!
정맥의 닻줄들 소리와 함께 터져 나간다!
그리고 내 안에서 파열한다 사납고, 게걸스러운,
위대한 해적의 노래,
부하들의 등골에서부터 발끝까지 공포를 심어 주는
노래하는 위대한 해적의 울부짖는 죽음.
거기 그 선미(船尾)에서 죽어 가며, 울부짖고, 노래한다.

　　　죽은 놈 가슴 위에 열다섯 사내,
　　　요-호-호 그리고 럼주 한 병!

그다음에는, 이제 비현실적인 목소리의 외침이, 허공에 터진다:

다비 맥 그로우-우-우-우-우!
다비 맥 그로우-우-우-우-우-우-우-우!
러-어-어-어-어-어-어-어-엄주를 대령해, 다비!

Eia, que vida essa! essa era a vida, eia!

Eh-eh-eh eh-eh-eh-eh!

Eh-lahô-lahô-laHO-lahá-á-á-à-à!

Eh-eh-eh-eh-eh-eh-eh!

Quilhas partidas, navios ao fundo, sangue nos mares!

Conveses cheios de sangue, fragmentos de corpos!

Dedos decepados sobre amuradas!

Cabeças de crianças, aqui, acolá!

Gente de olhos fora, a gritar, a uivar!

Eh-eh-eh-eh-eh-eh-eh-eh-eh-eh!

Eh-eh-eh-eh-eh-eh-eh-eh-eh-eh!

Embrulho-me em tudo isto como numa capa no frio!

Roço-me por tudo isto como uma gata com cio por um muro!

Rujo como um leão faminto para tudo isto!

Arremeto como um touro louco sobre tudo isto!

Cravo unhas, parto garras, sangro dos dentes sobre isto!

Eh-eh-eh-eh-eh-eh eh-eh-eh-eh!

De repente estala-me sobre os ouvidos

그래, 이 삶은 어떤가! 이런 게 바로 삶이지, 그렇지!
예-에-에-에-에-에-에!
예-라호-라호-라호-라하-아-아-아-아!
예-에-에-에-에-에-에!

부서진 용골들, 가라앉은 배들, 바다의 피들!
시체 조각들과, 피로 흥건한 갑판들!
뱃전에 널린 잘려 나간 손가락들!
어린애들의 머리가 여기저기에!
눈알이 빠진 사람들, 소리치고, 울부짖고!
예-에-에-에-에-에-에-에-에-에!
예-에-에-에-에-에-에-에-에-에!
나는 이 모든 것으로 추울 때 망토처럼 나를 감싼다!
나는 이 모든 것에 대고 벽에 몸을 문지르는 발정난 고양이
　　마냥 나를 문지른다!
나는 이 모든 것을 향해 배고픈 사자처럼 포효한다!
나는 이 모든 것에게로 미친 황소처럼 돌진한다!
여기에다 손톱을 박고, 발톱을 부러뜨리고, 이에서 피가
　　나도록 씹는다!
예-에-에-에-에-에-에-에-에-에!

갑자기 바로 옆 나팔 소리처럼

Como um clarim a meu lado,

O velho grito, mas agora irado, metálico,

Chamando a presa que se avista,

A escuna que vai ser tomada:

Ahó-ó-ó-ó-ó-ó-ó-ó-ó-ó-ó----yyyy...

Schooner ahó-ó-ó-ó-ó-ó-ó-ó ó-ó-ó-ó-ó----yyyy...

O mundo inteiro não existe para mim! Ardo vermelho!

Rujo na fúria da abordagem!

Pirata-mor! César-Pirata!

Pilho, mato, esfacelo, rasgo!

Só sinto o mar, a presa, o saque!

Só sinto em mim bater, baterem-me

As veias das minhas fontes!

Escorre sangue quente a minha sensação dos meus olhos!

Eh-eh-eh-eh-eh-eh-eh-eh-eh-eh-eh!

Ah piratas, piratas, piratas!

Piratas, amai-me e odiai-me!

Misturai-me convosco, piratas!

내 귀청을 찢는다,
금속성의 오래된 고함이, 이제는 분노하며,
시야에 나타난 먹잇감,
곧 붙잡힐 스쿠너 선을 부른다.

아호오-오-오-오-오-오-오-오-오-오-오- -이이이이⋯⋯.
스쿠너 아호-오-오-오-오-오-오-오-오-오-오-오-오-
　　이이이이⋯⋯.

이 온 세상은 나에게는 존재하지 않는다. 나는 붉게 타오른다!
접근할수록 나는 분노로 포효한다!
해적-두목! 해적-시이저!
나는 약탈하고, 죽이고, 파괴하고, 갈갈이 찢는다!
내가 느끼는 건 오로지 바다, 먹잇감, 약탈!
내가 느끼는 건 오로지 내 안을 두드리는,
관자놀이의 정맥들이 날 때리는 것뿐!
내 두 눈의 감각이 뜨거운 피를 흘린다!
예-에-에-에-에-에-에-에-에-에-에!

아 해적들, 해적들, 해적들!
해적들이여, 나를 사랑하라 그리고 나를 증오하라!
너희 무리에 나도 끼워 다오, 해적들이여!

Vossa fúria, vossa crueldade como falam ao sangue
Dum corpo de mulher que foi meu outrora e cujo cio sobrevive!

Eu queria ser um bicho representativo de todos os vossos gestos,
Um bicho que cravasse dentes nas amuradas, nas quilhas,
Que comesse mastros, bebesse sangue e alcatrão nos conveses,
Trincasse velas, remos, cordame e poleame,
Serpente do mar feminina e monstruosa cevando-se nos crimes!

E há uma sinfonia de sensações incompatíveis e análogas,
Há uma orquestração no meu sangue de balbúrdias de crimes,
De estrépitos espasmados de orgias de sangue nos mares,
Furibundamente, como um vendaval de calor pelo espírito,
Nuvem de poeira quente anuviando a minha lucidez
E fazendo-me ver e sonhar isto tudo só com a pele e as veias!

Os piratas, a pirataria, os barcos, a hora,
Aquela hora marítima em que as presas são assaltadas,
E o terror dos apresados foge prà loucura — essa hora,
No seu total de crimes, terror, barcos, gente, mar, céu, nuvens,
Brisa, latitude, longitude, vozearia,

당신들의 분노, 당신들의 잔인함이 어찌나 말을 거는지
한때 내 것이었고, 발정만 살아남은 여체의 피에!

나는 당신들이 하는 모든 몸짓들을 대변하는 벌레가 되고
　　싶다,
뱃전과 용골에 이빨을 박아 넣는 벌레 말이다,
돛대를 먹고, 갑판에서 피와 콜타르를 마시고,
닻들, 노들, 온갖 밧줄과 도르래를 아삭아삭 씹어 먹으며,
죄악으로 살이 찌는 괴물 같은 암컷 바다뱀!

그리고 부조화스럽고 비슷한 감각들의 교향곡이 있다,
해상의 피범벅 주신제(酒神祭) 그 발작적인 소란의
요란한 범죄로 이루어진 나의 핏속 관현악 편성이 있다,
후끈한 돌풍처럼 난폭하게, 나의 정신 속에서,
명징함을 흐리는 뜨거운 먼지 구름 그리고
이 모든 걸 피부와 정맥으로만 보고 꿈꾸게 만든다!

해적들, 해적질, 배들, 그리고 시간,
희생자들이 습격당하는 해상의 그 시간,
포로들의 공포는 광기로 도망친다 ── 그 시간,
범죄, 공포, 배들, 사람들, 바다, 하늘, 구름들,
바람, 위도, 경도, 호통들, 그 전부 속에,

Queria eu que fosse em seu Todo meu corpo em seu Todo,
  sofrendo,
Que fosse meu corpo e meu sangue, compusesse meu ser em
  vermelho,
Florescesse como uma ferida comichando na carne irreal da
  minha alma!

Ah, ser tudo nos crimes! ser todos os elementos componentes
Dos assaltos aos barcos e das chacinas e das violações!
Ser quanto foi no lugar dos saques!
Ser quanto viveu ou jazeu no local das tragédias de sangue!
Ser o pirata-resumo de toda a pirataria no seu auge,
E a vítima-síntese, mas de carne e osso, de todos os piratas do
  mundo!

Ser no meu corpo passivo a mulher-todas-as-mulheres
Que foram violadas, mortas, feridas, rasgadas p'los piratas!
Ser no meu ser subjugado a fêmea que tem de ser deles!
E sentir tudo isso —— todas estas cousas duma só vez —— pela
  espinha!

Ó meus peludos e rudes heróis da aventura e do crime!

나는 그 **전체**가 내 몸 그 **전체**가 되길 바랐다,
　고통스러워하며,
내 몸 또 내 피가 되기를, 내 존재가 붉게 조직되기를,
내 영혼의 비현실적인 살 속을 간지럽히는 상처처럼
　만발하기를!

아, 범죄의 모든 게 된다는 것! 배의 기습과 학살과 강간들의
모든 구성 요소들이 된다는 것!
약탈의 현장에서 될 수 있는 만큼 되어 보는 것!
피로 점철된 비극의 장소에서 살든 죽든 될 수 있는 만큼
　되어 보는 것!
해적질의 절정에서 모든 해적의-총합이 되는 것,
그리고 이 세상 모든 해적들의 희생자-총체가 되는 것, 단,
　살과 뼈로 된!

내 소극적인 몸으로 해적들에게 유린당하고, 죽어 나가고,
　상처 입고, 할퀴어진
여자-모든-여자들의 육체가 되어 보는 것!
복종하는 존재로 그들 소유가 되어야만 하는 암컷이 되는 것!
그리고 이 모든 걸 ─ 이 모든 걸 단번에 ─ 등골로 느끼는 것!

나의 거칠고 덥수룩한 모험과 범죄의 영웅들!

Minhas marítimas feras, maridos da minha imaginação!

Amantes casuais da obliquidade das minhas sensações!

Queria ser Aquela que vos esperasse nos portos,

A vós, odiados amados do seu sangue de pirata nos sonhos!

Porque ela teria convosco, mas só em espírito, raivado

Sobre os cadáveres nus das vítimas que fazeis no mar!

Porque ela teria acompanhado vosso crime, e na orgia oceânica

Seu espírito de bruxa dançaria invisível em volta dos gestos

Dos vossos corpos, dos vossos cutelos, das vossas mãos

estranguladoras!

E ela em terra, esperando-vos, quando viésseis, se acaso viésseis,

Iria beber nos rugidos do vosso amor todo o vasto,

Todo o nevoento e sinistro perfume das vossas vitórias,

E através dos vossos espasmos silvaria um sabbat de vermelho e

amarelo!

A carne rasgada, a carne aberta e estripada, o sangue correndo!

나의 바다 짐승, 내 상상력의 남편들!
내 비뚤어진 감각의 우연한 연인들!
항구에서 당신들을 기다릴 그녀가 되고 싶었다,
꿈속에서 해적의 피로 증오받고 사랑받는, 당신들!
왜냐하면 그녀도 당신들과 함께 분노했을 테니까, 단,
        오로지 정신으로만,
바다에서 당신들에게 당한 희생자들의 벌거벗은 시체
        위에서!
왜냐하면 그녀도 당신들의 범죄에 동참했을 테니까, 대양의
        난잡한 잔치에서
그녀가 가진 마녀의 혼은 그 몸짓들 주위로 보이지 않는
        춤을 출 것이다,
당신들의 몸들, 당신들의 단검들, 당신들의 목 조르는 손들!
그리고 육지에서는 그녀가 당신들을 기다린다, 당신들이 올
        때, 혹시 오기는 한다면,
당신들의 사랑의 포효 속에 모든 광활함을 들이마실 것이다,
당신들의 승리의 안개 자욱하고 음흉스런 향수 모두를,
        그리고
당신들의 황홀경을 관통하는 휘파람으로 붉고 노란 마녀
        집회를 부를 것이다!

찢긴 살, 배를 가르고 내장을 꺼낸 육신, 흘러내리는 피!

Agora, no auge conciso de sonhar o que vós fazíeis,

Perco-me todo de mim, já não vos pertenço, sou vós,

A minha feminilidade que vos acompanha é ser as vossas almas!

Estar por dentro de toda a vossa ferocidade, quando a praticáveis!

Sugar por dentro a vossa consciência das vossas sensações

Quando tingíeis de sangue os mares altos,

Quando de vez em quando atiráveis aos tubarões

Os corpos vivos ainda dos feridos, a carne rosada das crianças

E leváveis as mães às amuradas para verem o que lhes acontecia!

Estar convosco na carnagem, na pilhagem!

Estar orquestrado convosco na sinfonia dos saques!

Ah, não sei quê, não sei quanto queria eu ser de vós!

Não era só ser-vos a fêmea, ser-vos as fêmeas, ser-vos as vítimas,

Ser-vos as vítimas — homens, mulheres, crianças, navios — ,

Não era só ser a hora e os barcos e as ondas,

Não era só ser vossas almas, vossos corpos, vossa fúria, vossa

   posse,

지금, 당신들이 하는 짓에 대한 내 꿈의 짧은 절정에서,
나는 내 전부를 잃는다, 이제 더 이상 당신들에게 속하지
    않는다, 나는 당신들이다,
당신들과 함께했던 나의 여성성은, 당신들의 영혼이 되는 것!
당신들이 그 짓들을 저지를 때, 모든 흉폭함 안에 존재하는 것!
먼 바다들을 피로 물들일 때
당신들 감각의 의식 내부를 빨아들이는 것,
어쩌다 부상자들의 아직 살아 있는 몸, 어린애들의 분홍빛
    몸뚱이를 상어들에게 던져 버릴 때
갑판으로 엄마들을 끌고 갔지, 그들에게 무슨 일이
    일어나는지 보라고!

도살과 노략의 한가운데서 당신들과 함께 있는 것!
약탈의 교향곡 속에서 당신들과 합주를 이루는 것!
아, 내가 얼마나 당신들의 것이 되고 싶었는지, 무엇이든
    되고 싶었는지 모른다!
단지 암컷으로서, 암컷들로서, 피해자로서 당신들-되기가
    아니었다,
남자들, 여자들, 아이들, 배들…… 그런 피해자로서 당신들-
    되기가 아니었다,
단지 그 시간과 배와 파도가 되는 게 아니었다,
단지 당신들의 영혼, 육체, 분노, 소유가 되는 게 아니었다,

Não era só ser concretamente vosso acto abstracto de orgia,
Não era só isto que eu queria ser — era mais que isto, o Deus-
isto!

Era preciso ser Deus, o Deus dum culto ao contrário,
Um Deus monstruoso e satânico, um Deus dum panteísmo de
sangue
Para poder encher toda a medida da minha fúria imaginativa,
Para poder nunca esgotar os meus desejos de identidade
Com o cada, e o tudo, e o mais-que-tudo das vossas vitórias!

Ah, torturai-me para me curardes!
Minha carne — fazei dela o ar que os vossos cutelos atravessam
Antes de caírem sobre as cabeças e os ombros!
Minhas veias sejam os fatos que as facas trespassam!
Minha imaginação o corpo das mulheres que violais!
Minha inteligência o convés onde estais de pé matando!
Minha vida toda, no seu conjunto nervoso, histérico, absurdo,
O grande organismo de que cada acto de pirataria que se
cometeu
Fosse uma célula consciente — e todo eu turbilhonasse
Como uma imensa podridão ondeando, e fosse aquilo tudo!

단지 구체적으로 당신들 주연(酒宴)의 추상적 행동이 되는
　　　것도 아니었다,
내가 되기 원한 건 단지 그런 게 아니라, 그 이상의 것이었다,
　　　신(神)-그것이었다!
신이 될 필요가 있었다, 정반대의 숭배 대상으로서의 신,
괴물 같고 사탄 같은 신, 피를 보는 범신주의의 신,
내가 상상하는 분노의 모든 기준을 충족할 수 있고,
당신들 각각의, 전체, 아니 전체보다 많은 승리들과
일체가 되려는 내 욕망이 절대 고갈될 수 없도록!

아, 나를 고문해 다오 내가 치유되도록!
나의 살 — 그것으로 당신들 단검이 휘둘러 가르는 허공을
　　　만들어 다오
머리와 어깻죽지에 꽂히기 전에!
내 정맥들이 칼들이 찔러 뚫어 버리는 의복이기를!
내 상상이 당신들이 범하는 여자들의 육체이기를!
내 지성이 당신들이 발 딛고 살육하는 갑판이기를!
내 모든 생애, 신경질적이고, 발작적이고, 부조리한 그 총체가,
거대한 유기체가 되기를, 그래서 해적질로 저지른 모든
　　　행동들이
각각 의식을 지닌 세포이기를, — 내 모두가 출렁이는
엄청난 부패물처럼 소용돌이치고, 이 모든 것이 되기를!

Com tal velocidade desmedida, pavorosa,

A máquina de febre das minhas visões transbordantes

Gira agora que a minha consciência, volante,

É apenas um nevoento círculo assobiando no ar.

Fifteen men on the Dead Man's Chest.

Yo-ho-ho and a bottle of rum!

Eh-lahô-lahô-laHO----lahá-á-ááá----àà...

Ah! a selvageria desta selvageria! Merda

P'ra toda a vida como a nossa, que não é nada disto!

Eu pr'aqui engenheiro, prático à força, sensível a tudo,

Pr'aqui parado, em relação a vós, mesmo quando ando;

Mesmo quando ajo, inerte; mesmo quando me imponho, débil;

Estático, quebrado, dissidente cobarde da vossa Glória,

Da vossa grande dinâmica estridente, quente e sangrenta!

Arre! por não poder agir d'acordo com o meu delírio!

그렇게 과도하고 무서운 속력으로,
넘쳐흐르는 내 시각들의 열오른 기계가
이제 회전을 하노라니 나의 의식, 타륜,
그것은 그저 공기 중에 윙윙거리는 어렴풋한 원일 뿐.

죽은 놈 가슴 위에 열다섯 사내,
요-호-호 그리고 럼주 한 병!

여어-라호-라호-라호 ── 라하-아-아아아 ── 아아아······.

아! 이 야만 중의 야만이여! 빌어먹을
우리네 인생 모두, 이런 거라곤 전혀 없네!
여기 있는 나, 엔지니어이고, 실용적이어야만 하며, 온갖
　　것에 예민한 나는,
여기 가만히 서 있지, 당신들과 비교해서, 걸을 때조차,
행동을 할 때도, 움직임 없이, 강제할 때도, 유약하게,
거칠고 뜨겁고 피투성이인 당신들의 위대한 역동성,
그리고 당신들의 영광에 대한 정적이고, 박살 난, 겁쟁이
　　반역자!

에라! 나의 착란에 걸맞게 행동하지 못하다니!

Arre! por andar sempre agarrado às saias da civilização!
Por andar com a *douceur des moeurs* às costas, como um fardo
    de rendas!
Moços de esquina — todos nós o somos — do humanitarismo
    moderno!
Estupores de tísicos, de neurasténicos, de linfáticos,
Sem coragem para ser gente com violência e audácia,
Com a alma como uma galinha presa por uma perna!

Ah, os piratas! os piratas!
A ânsia do ilegal unido ao feroz
A ânsia das cousas absolutamente cruéis e abomináveis,
Que rói como um cio abstracto os nossos corpos franzinos,
Os nossos nervos femininos e delicados,
E põe grandes febres loucas nos nossos olhares vazios!

Obrigai-me a ajoelhar diante de vós!
Humilhai-me e batei-me!
Fazei de mim o vosso escravo e a vossa cousa!
E que o vosso desprezo por mim nunca me abandone,
Ó meus senhores! ó meus senhores!

에라! 항상 문명의 치마폭이나 붙잡고 다니다니!
등짝에 신사적인 매너나 지고 다니다니, 레이스 꾸러미처럼!
현대적인 인본주의의 ─ 우리 모두가 그렇지 ─ 골목
 심부름꾼들!
임파선, 신경쇠약, 폐병으로 마비된 환자들,
폭력성과 대담함을 지닐 용기도 없고,
다리 한쪽이 묶인 닭 같은 영혼을 가진!

아, 해적들이여! 해적들이여!
사나움과 하나가 된 무법자의 갈망,
절대적으로 잔인하고 가증스런 것들을 향한 갈망,
우리의 연약한 육체와
여성스럽고 섬세한 신경들을 추상적인 발정처럼 좀먹고,
우리의 텅 빈 시선들에 거대한 광기의 열기를 지피는!

그대들 앞에 내가 무릎을 꿇도록 강요해 다오!
내게 모욕을 주고 때려 다오!
나를 당신들 노예로, 당신들 물건으로 만들어 다오!
당신들의 경멸이 절대 날 버리지 않도록,
오 나의 주인들! 오 나의 주인들이여!

Tomar sempre gloriosamente a parte submissa

Nos acontecimentos de sangue e nas sensualidades estiradas!

Desabai sobre mim, como grandes muros pesados,

Ó bárbaros do antigo mar!

Rasgai-me e feri-me!

De leste a oeste do meu corpo

Riscai de sangue a minha carne!

Beijai com cutelos de bordo e açoites e raiva

O meu alegre terror carnal de vos pertencer,

A minha ânsia masoquista em me dar à vossa fúria,

Em ser objecto inerte e sentiente da vossa omnívora crueldade,

Dominadores, senhores, imperadores, corcéis!

Ah, torturai-me,

Rasgai-me e abri-me!

Desfeito em pedaços conscientes

Entornai-me sobre os conveses,

Espalhai-me nos mares, deixai-me

Nas praias ávidas das ilhas!

Cevai sobre mim todo o meu misticismo de vós!

Cinzelai a sangue a minh'alma!

Cortai, riscai!

언제나 복종의 역할을 영광스럽게 도맡기
피범벅의 결말들과 확장된 감각들 속에서!
거대하고 육중한 벽들처럼, 내 위로 무너져 내려라,
오 고대 바다의 야만인들이여!
나를 할퀴고 상처 내 다오!
내 몸의 동쪽에서 서쪽으로
피로써 내 살에 금을 그어 다오!
선원들의 단검과 분노와 매질로 키스해 다오
당신들에 속하는 내 육욕적이고 기쁜 공포,
당신들의 잡식성 잔인함에 고통을 느끼는 소극적 대상이 되고,
당신들의 분노에 나를 바치는 나의 마조히스트적인 열망,
정복자들, 군주들, 황제들, 군마(軍馬)들!
아, 나를 고문해 주길,
나를 헤집고 갈라 주길!
지각을 지닌 조각들로 난도질해 버린
나를 갑판 위에 흘려 주길,
바다에 나를 뿌려 주고, 섬들의
탐욕스런 해변들에 버려 주길!

당신들에 관한 내 신비주의로 나를 살찌워 다오!
피에 내 영혼을 아로새겨 다오
가르고, 그어 다오!

Ó tatuadores da minha imaginação corpórea!
Esfoladores amados da minha carnal submissão!
Submetei-me como quem mata um cão a pontapés!
Fazei de mim o poço para o vosso desprezo de domínio!

Fazei de mim as vossas vítimas todas!
Como Cristo sofreu por todos os homens, quero sofrer
Por todas as vossas vítimas às vossas mãos,
Às vossas mãos calosas, sangrentas e de dedos decepados
Nos assaltos bruscos de amuradas!

Fazei de mim qualquer cousa como se eu fosse
Arrastado — ó prazer, ó beijada dor! —
Arrastado à cauda de cavalos chicoteados por vós...
Mas isto no mar, isto no ma-a-a-ar, isto no MA-A-A-AR!
Eh-eh-eh-eh-eh! Eh-eh-eh-eh-eh-eh-eh! EH-EH-EH-EH-EH-
    EH-EH! No MA-A-A-A-AR!
Yeh-eh-eh-eh-eh eh! Yeh-eh-eh-eh-eh-eh! Yeh-eh-eh-eh-eh-eh-
    eh-eh!
Grita tudo! tudo a gritar! ventos, vagas, barcos,
Mares, gáveas, piratas, a minha alma, o sangue, e o ar, e o ar!

오 내 육체적 상상력의 문신쟁이들이여!
내 육욕적 복종의 친애하는 가죽 벗기는 자들이여!
발로 차 죽임당하는 개처럼 나를 처분에 맡겨 다오!
나를 당신들의 지배자스러운 경멸을 담는 우물로 만들어 다오!

나를 가지고 당신들의 희생자들 모두를 만들어 다오!
만인을 위해 고통받았던 그리스도처럼, 나도 고통받고 싶구나
당신들 손들에 당한 모든 희생자들을 위해,
뱃전의 습격으로 인해, 못 박히고, 피가 낭자하고,
손가락이 잘려 나간, 당신들의 손!

나를 갖고 아무 짓이나 해 다오 마치 내가
끌려가는 것처럼 — 이 기쁨, 이 입 맞출 고통! —
당신들이 채찍질하는 말의 꽁무니에 끌려 다니는……
하지만 이것을 바다에서, 이걸 바-아-아-다, 이걸 바-아-
　　아-다에서!
에-에-에-에-에! 에-에-에-에-에-에! 애-애-애-애-애-
　　애-애! 바-아-다-아-아-아에서!
예-에-에-에-에-에! 예-에-에-에-에-에! 예-에-에-에-에-
　　에-에-에!
모두 소리친다! 모든 게 소리친다! 바람들, 파도들, 배들,
바다들, 장루들, 해적들, 내 영혼, 피, 공기, 그리고 또 공기!

Eh-eh-eh-eh! Yeh-eh-eh-eh-eh! Yeh-eh-eh-eh eh-eh! Tudo canta a gritar!

FIFTEEN MEN ON THE DEAD MAN'S CHEST.
YO-HO-HO AND A BOTTLE OF RUM!

Eh-eh-eh-eh eh-eh-eh! Eh-eh-eh-eh-eh-eh-eh! Eh eh-eh eh-eh-eh-eh!
Hé-lahô-lahô-la HO-O-O-ôô-lahá-á-á---ààà!

AHÓ-Ó-Ó-Ó-Ó-Ó Ó-Ó-Ó Ó Ó---yyy!…
SCHOONER AHÓ-Ó-Ó-Ó-Ó-Ó-Ó-Ó-Ó-Ó----yyyy!…

Darby M'Graw-aw-aw-aw-aw-aw!
DARBY M'GRAW-AW-AW-AW-AW-AW-AW!
FETCH A-A-AFT THE RU-U-U-U-U-UM, DARBY!

Eh-eh-eh-eh-eh-eh-eh-eh-eh-eh eh-eh-eh!
EH-EH-EH-EH-EH-EH-EH-EH-EH-EH-EH-EH!
EH-EH-EH-EH-EH-EH-EH-EH-EH-EH-EH-EH!
EH-EH-EH-EH-EH-EH-EH-EH-EH-EH-EH-EH!

예-에-에-에! 예-에-에-에-에! 예-에-에-에-에-에! 모두
고함치며 노래한다!

죽은 놈 가슴 위에 열다섯 사내
요-호 호 그리고 럼주 한 병!

예-에-에-에-에-에-에! 예-에-에-에-에-에-에! 예-에-에-
에-에-에-에!
헤-라호-라호-라호-오-오-오오-라하-아-아-아아아!

아호오-오-오-오-오-오-오-오-오-오-오-오-이이이……!
스쿠너 아호-오-오-오-오-오-오-오-오-오-오-이이이이…….

다비 맥 그로우-우-우-우-우-우!
다비 맥 그로우-우-우-우-우-우!
대애애령 하란 말야 러-어-어-어-어-엄주를, 다비!

에-에-에-에-에-에-에-에-에-에-에-에!
에-에-에-에-에-에-에-에-에-에-에-에!
에-에-에-에-에-에-에-에-에-에-에-에!
에-에-에-에-에-에-에-에-에-에-에-에!

EH-EH-EH-EH-EH-EH-EH-EH-EH-EH-EH!

Parte-se em mim qualquer cousa. O vermelho anoiteceu.

Senti de mais para poder continuar a sentir.

Esgotou-se-me a alma, ficou só um eco dentro de mim.

Decresce sensivelmente a velocidade do volante.

Tiram-me um pouco as mãos dos olhos os meus sonhos.

Dentro de mim há só um vácuo, um deserto, um mar nocturno.

E logo que sinto que há um mar nocturno dentro de mim,

Sobe dos longes dele, nasce do seu silêncio,

Outra vez, outra vez, o vasto grito antiquíssimo.

De repente, como um relâmpago de som, que não faz barulho

    mas ternura,

Subitamente abrangendo todo o horizonte marítimo

Húmido e sombrio marulho humano nocturno,

Voz de sereia longínqua chorando, chamando,

Vem do fundo do Longe, do fundo do Mar, da alma dos Abismos,

E à tona dele, como algas, bóiam meus sonhos desfeitos…

에-에-에-에-에-에-에-에-에-에-에!

내 안에서 무언가가 부서진다. 붉은색이 저물었다.
계속 느끼기에는 너무나 많이 느껴 버렸다.
내 영혼은 고갈되었고, 내 안에는 메아리 하나만 남았다.
타륜의 속도가 예민하게 줄어든다.
내 꿈들이 내 두 눈에서 살며시 손을 뗀다.
내 안에는 오로지 빈 공간 하나, 사막 하나, 밤바다 하나
　　뿐이다.
그리고 내 안의 밤바다 하나를 느끼자마자,
멀리서부터, 그 침묵 속에서 탄생하는,
또다시, 또다시, 가장 오래된 광막한 외침이 인다.
갑작스럽게, 소리의 섬광처럼, 소음이 아닌 부드러움을
　　일으키면서,
갑자기 바다의, 습기 차고 그늘지고 파도치고 인간적이고
　　야행성인
수평선 전체를 아우르면서,
저 멀리서 세이렌의 흐느끼며, 불러내는 목소리가,
멀리 깊은 곳, 바다 깊은 곳, **심연들의 영혼으로부터 오고,**
그 수면에, 마치 해초들처럼, 내 일그러진 꿈들이 둥둥
　　떠다닌다……

Ahò ò-ò ò ò ò ò-ò ò ò ò----yy..

Schooner ahò-ò-ò ò-ò-ò ò ò ò ò-ò-ò-ò----yy.....

Ah, o orvalho sobre a minha excitação!

O frescor nocturno no meu oceano interior!

Eis tudo em mim de repente ante uma noite no mar

Cheia do enorme mistério humaníssimo das ondas nocturnas.

A lua sobe no horizonte

E a minha infância feliz acorda, como uma lágrima, em mim.

O meu passado ressurge, como se esse grito marítimo

Fosse um aroma, uma voz, o eco duma canção

Que fosse chamar ao meu passado

Por aquela felicidade que nunca mais tornarei a ter.

Era na velha casa sossegada, ao pé do rio...

(As janelas do meu quarto, e as da casa de jantar também,

Davam, por sobre umas casas baixas, para o rio próximo,

Para o Tejo, este mesmo Tejo, mas noutro ponto, mais abaixo...

Se eu agora chegasse às mesmas janelas não chegava às mesmas

janelas.

Aquele tempo passou como o fumo dum vapor no mar alto...)

아호오-오-오-오-오-오-오-오-오-오-오-이이……!
스쿠너 아호-오-오-오-오-오-오-오-오-오-오-오 -이이…….

아, 나의 홍분 위에 이슬!
내 내면의 태양 속에 밤의 청량함!
내 안의 이 모든 게 돌연 어느 날 밤의 바다
밤 파도들의 거대하고 지극히 인간적인 신비로 가득 찬.
달이 수평선 위로 올라오고.
내 행복한 어린 시절이 깨어난다, 내 안에서 눈물 한방울처럼.
내 과거도 다시 일어난다, 마치 이 해상의 고함이
어떤 향기, 어떤 목소리, 어느 노래의 메아리라도 되듯
내 과거를 불러내기라도 하듯
다시는 가질 수 없을 그 행복을.

강변에 있는 낡고 평화로운 집이었지……
(내 방의 창문들은, 식당 창문도 그랬지만,
나지막한 집들 몇 채 너머로, 가까운 강 쪽으로,
바로 이 테주 강, 하지만 더 낮은, 다른 위치의 테주 강
　　쪽으로 나 있었지……
만약 지금 똑같은 창문 너머로 본다면 똑같은 창문 너머로
　　보지 않겠지.
그 시절은 먼 바다의 증기선 연기처럼 그렇게 지나가

Uma inexplicável ternura,

Um remorso comovido e lacrimoso,

Por todas aquelas vítimas —— principalmente as crianças ——

Que sonhei fazendo ao sonhar-me pirata antigo,

Emoção comovida, porque elas foram minhas vítimas;

Terna e suave, porque não o foram realmente;

Uma ternura confusa, como um vidro embaciado, azulada,

Canta velhas canções na minha pobre alma dolorida.

Ah, como pude eu pensar, sonhar aquelas cousas?

Que longe estou do que fui há uns momentos!

Histeria das sensações —— ora estas, ora as opostas!

Na loura manhã que se ergue, como o meu ouvido só escolhe

As cousas de acordo com esta emoção —— o marulho das águas,

O marulho leve das águas do rio de encontro ao cais…,

A vela passando perto do outro lado do rio,

Os montes longínquos, dum azul japonês,

As casas de Almada,

버렸지……)

설명할 수 없는 어떤 다정함,
마음을 움직이는 눈물 나는 회한,
그 모든 희생자들에 대한 — 특히 아이들 —
내가 옛날 해적을 꿈꿀 때 그러는 걸 꿈꾸었던,
나의 희생자들이었기에, 뭉클한 감정,
실제로는 아니었기에, 다정하고 부드러운,
푸른빛을 띠는 흐린 유리처럼, 혼란스러운 부드러움,
아파하는 내 가련한 영혼 안에서 오래된 노래를 부르네.

아, 어떻게 내가 이런 것들을 생각하고, 꿈꿀 수 있었단
　　　말인가?
방금 전까지의 나에게서 나는 또 얼마나 멀리 왔는가!
감각들의 신경증 — 지금은 이것을, 다음 순간은 정반대의
　　　것을!
금빛 아침이 밝으면서, 내 귀는 용케도 골라낸다
이 감정과 조화로운 것들만 — 찰랑찰랑하는 물결들,
부두와 만나는 강의 잔잔한 물결……,
강 건너편을 가까이 지나가는 돛배,
저 멀리, 일본식 푸른 빛깔 언덕들,
알마다[17]의 집들,

E o que há de suavidade e de infância na hora matutina!...

Uma gaivota que passa,
E a minha ternura é maior.

Mas todo este tempo não estive a reparar para nada.
Tudo isto foi uma impressão só da pele, como uma carícia.
Todo este tempo não tirei os olhos do meu sonho longínquo,
Da minha casa ao pé do rio,
Da minha infância ao pé do rio,
Das janelas do meu quarto dando para o rio de noite,
E a paz do luar esparso nas águas!...
Minha velha tia, que me amava por causa do filho que perdeu...,
Minha velha tia costumava adormecer-me cantando-me
(Se bem que eu fosse já crescido demais para isso)...
Lembro-me e as lágrimas caem sobre o meu coração e lavam-no
    da vida,
E ergue-se uma leve brisa marítima dentro de mim.

아침 시간에 존재하는 유년 시절의 모든 것, 그리고 부드러운
    것은 모두……!

지나가는 갈매기 한 마리,
그리고 내 다정함은 한층 더하다.

하지만 이 모든 시간 동안 나는 무엇에도 주목하고 있지
    않았다.
이 모든 게 오로지 피부를 통한 인상일 뿐이었다, 마치 애무
    같은.
이 모든 시간 동안 나는 내 머나먼 꿈에서 눈을 떼지
    않았다,
강변의 내 집에서,
강변의 내 유년에서,
밤에 강쪽으로 난 내 방 창문들에서,
그리고 물 위에 흩뿌려진 달의 평온……!
아들을 잃은 이유로 나를 사랑해 주던, 나의 늙은 이모……,
내 늙은 이모는 자장가를 불러서 날 재워 주곤 했지……
(그러기엔 내가 이미 너무 커 버렸는데도)
나는 회상을 하고 내 마음 위로 눈물이 떨어지고 삶으로
    그걸 닦지,
그리고 내 안에서 바다의 산들바람이 이네.

Às vezes ela cantava a «Nau Catrineta»:

Lá vai a Nau Catrineta
Por sobre as águas do mar…

E outras vezes, numa melodia muito saudosa e tão medieval,
Era a «Bela Infanta»… Relembro, e a pobre velha voz ergue-se
dentro de mim
E lembra-me que pouco me lembrei dela depois, e ela amava-
me tanto!
Como fui ingrato para ela — e afinal que fiz eu da vida?
Era a «Bela Infanta»… Eu fechava os olhos, e ela cantava:

Estando a Bela Infanta
No seu jardim assentada…

Eu abria um pouco os olhos e via a janela cheia de luar
E depois fechava os olhos outra vez, e em tudo isto era feliz.

Estando a Bela Infanta
No seu jardim assentada,

가끔은 그녀가 「카트리네타 호」를 불러 주곤 했지:

　　저기 카트리네타 호가 가네
　　바다의 물결 위로……

그리고 다른 때는, 향수에 푹 잠긴, 굉장히 중세적인 멜로디의,
「아름다운 공주」였지…… 다시 기억나는군, 가여운 늙은
　　목소리가 내 안에서 일어났지
그리고 그 뒤로는 내가 그녀를 별로 기억하지 않았다는
　　것도 기억나, 그녀는 그렇게나 나를 사랑해 줬건만!
그녀한테 얼마나 소홀했던가 ― 그래서 결국 나는 내
　　인생에서 뭘 했던가?
「아름다운 공주」였는데…… 나는 눈을 감고, 그녀는 노래했지,

　　아름다운 공주님이
　　자기 정원에 앉았네……

나는 눈을 가늘게 뜨고 달 가득한 창문을 보곤 했지
그러고는 다시 눈을 감고, 이 모든 것 안에서 나는 행복했었지.

　　아름다운 공주님이
　　자기 정원에 앉았네,

Seu pente de ouro na mão,

Seus cabelos penteava...

Ó meu passado de infância, boneco que me partiram!

Não poder viajar p'ra o passado, para aquela casa e aquela afeição,
E ficar lá sempre, sempre criança e sempre contente!

Mas tudo isto foi o Passado, lanterna a uma esquina de rua velha.
Pensar nisto faz frio, faz fome duma cousa que se não pode
     obter.
Dá-me não sei que remorso absurdo pensar nisto.
Oh turbilhão lento de sensações desencontradas!
Vertigem ténue de confusas cousas na alma!
Fúrias partidas, ternuras como carrinhos de linha com que as
     crianças brincam,
Grandes desabamentos de imaginação sobre os olhos dos sentidos,
Lágrimas, lágrimas inúteis,
Leves brisas de contradição roçando pela face a alma...

Evoco, por um esforço voluntário, para sair desta emoção,
Evoco, com um esforço desesperado, seco, nulo,

황금색 빗을 손에 쥐고,
자기 머리카락을 빗고는 했네……

아 내 유년 시절이여, 사람들이 부숴 버린 인형이여!

내 과거를 향해 여행을 할 수만 있다면, 그 집과 그 감정으로,
영원히 거기서, 영원히 행복한 아이로 남을 수만 있다면!

하지만 이 모든 건 과거였지, 오래된 거리 골목의 가로등불.
이걸 생각하노라니 추워지고, 구할 수 없는 무엇 때문에
    허기를 느껴.
이걸 생각하노라니 나도 모를 터무니없는 회한이 밀려와.
아 엇갈리는 감각들의 느린 소용돌이여!
내 영혼의 혼란스런 것들로 인한 미세한 현기증!
조각나 버린 분노, 아이들이 갖고 노는 실타래 같은 부드러움들,
감각의 눈들 위로 상상력의 거대한 붕괴들,
눈물들, 부질없는 눈물들,
영혼의 얼굴을 스치는 모순의 산들바람들……

나는 떠올린다, 의식적인 노력을 통해, 이 감정으로부터
    벗어나기 위해,
나는 떠올린다, 간절하고 메마른, 허무한 노력으로,

A canção do Grande Pirata, quando estava a morrer:

> Fifteen men on the Dead Man's Chest.
> Yo-ho-ho and a bottle of rum!

Mas a canção é uma linha recta mal traçada dentro de mim...

Esforço-me e consigo chamar outra vez ante os meus olhos na
    alma,
Outra vez, mas através duma imaginação quase literária,
A fúria da pirataria, da chacina, o apetite, quase do paladar, do
    saque,
Da chacina inútil de mulheres e de crianças,
Da tortura fútil, e só para nos distrairmos, dos passageiros pobres,
E a sensualidade de escangalhar e partir as cousas mais queridas
    dos outros,
Mas sonho isto tudo com um medo de qualquer cousa a respirar-
    me sobre a nuca.
Lembro-me de que seria interessante
Enforcar os filhos à vista das mães
(Mas sinto-me sem querer as mães deles),
Enterrar vivas nas ilhas desertas as crianças de quatro anos

위대한 해적이 죽어 가며 부르던 노래,

　　죽은 놈 가슴에 열다섯 사내
　　요-호 호 그리고 럼주 한 병!

하지만 그 노래는 내 속에 삐뚜로 그어진 직선⋯⋯

애를 써서 다시, 거의 문학적인 상상력을 통해,
나는 내 영혼의 눈앞에 다시 불러내는 데 성공한다,
해적질과 도살에 대한 분노, 거의 미각에 가까운 입맛,
　　약탈에 대한,
여자들과 아이들의 무의미한 살육에 대한,
그저 심심풀이로 불쌍한 승객들에게 가한, 무익한 고문에
　　대한,
그리고 다른 이들이 가장 사랑하는 것들을 산산조각 내고
　　부숴 버리는 것의 관능,
하지만 이 모든 걸 내 목덜미 위로 숨을 몰아쉬는 무언가에
　　대한 두려움으로 꿈꾼다.
기억난다 만약 그런다면 흥미로울 텐데
엄마들이 보는 앞에서 아이들을 목매달면,
(하지만 나도 모르게 그 엄마들에게 이입한다.)
네 살배기 아기를 무인도에 생매장하기

Levando os pais em barcos até lá para verem

(Mas estremeço, lembrando-me dum filho que não tenho e está

dormindo tranquilo em casa).

Aguilhoo uma ânsia fria dos crimes marítimos,

Duma inquisição sem a desculpa da Fé,

Crimes nem sequer com razão de ser de maldade e de fúria,

Feitos a frio, nem sequer para ferir, nem sequer para fazer mal,

Nem sequer para nos divertirmos, mas apenas para passar o

tempo,

Como quem faz paciências a uma mesa de jantar de província

com a toalha atirada p'ra o outro lado da mesa depois de jantar,

Só pelo suave gosto de cometer crimes abomináveis e não os

achar grande cousa,

De ver sofrer até ao ponto da loucura e da morte-pela-dor mas

nunca deixar chegar lá…

Mas a minha imaginação recusa-se a acompanhar-me.

Um calafrio arrepia-me.

E de repente, mais de repente do que da outra vez, de mais

longe, de mais fundo,

De repente — oh pavor por todas as minhas veias! —,

그 부모를 거기까지 배에 태워 보게 만들기
(하지만 나는 떤다, 집에서 편안히 잠자는, 내가 가져 본
　　적도 없는 아이를 기억하며.)

해상 범죄들에 대한 싸늘한 갈망을 나는 쿡쿡 찔러 본다.
신앙에 대한 변명도 없는 종교재판의,
악의나 분노가 동기가 아닌 범죄들,
상처를 주거나, 해치기 위한 것도 아닌, 냉정하게 자행된,
심지어 즐기기 위한 것도 아닌, 그저 시간을 때우기 위한,
마치 시골에서 저녁 식사 후 카드놀이를 하러 식탁보를
　　한쪽으로 제쳐 놓는 사람들처럼,
단지 가증스런 범죄를 저지르는 가벼운 재미로, 별일
　　아니라는 식으로,
고통에-의한-죽음과 미쳐 버리는 지점까지 고통받는 걸
　　보되, 절대 죽이지는 않기……

그런데 나의 상상력이 나와 함께 가기를 거부한다.
오한이 날 떨게 한다.
그리고 갑자기, 그전보다 더 갑작스럽게, 더 멀리서, 더
　　깊이에서 ─
갑자기, 아 내 혈관들 가득한 공포여! ─,

Oh frio repentino da porta para o Mistério que se abriu dentro
de mim e deixou entrar uma corrente de ar!
Lembro-me de Deus, do Transcendental da vida, e de repente
A velha voz do marinheiro inglês Jim Barns, com quem eu falava,
Tornada voz das ternuras misteriosas dentro de mim, das
pequenas cousas de regaço de mãe e de fita de cabelo de
irmã,
Mas estupendamente vinda de além da aparência das cousas,
A Voz surda e remota tornada A Voz Absoluta, a Voz Sem
Boca,
Vinda de sobre e de dentro da solidão nocturna dos mares,
Chama por mim, chama por mim, chama por mim…

Vem surdamente, como se fosse suprimida e se ouvisse,
Longinquamente, como se estivesse soando noutro lugar e aqui
não se pudesse ouvir,
Como um soluço abafado, uma luz que se apaga, um hálito
silencioso,
De nenhum lado do espaço, de nenhum local no tempo,
O grito eterno e nocturno, o sopro fundo e confuso:

아 내 안에 열린 **신비**로 난 문 그 갑작스런 추위와 그리로
　　들어오는 외풍!
나는 신을 기억한다, 삶의 **초월성**을, 그리고 느닷없이
영국 선원 짐 반스, 나랑 얘기를 나누곤 했던 그의 늙은
　　목소리가,
내 안에서, 어머니 치맛자락의 자그마한 무늬들과 여동생
　　머리 리본같이 작고 부드러운 신비로 돌아온 목소리가
　　되어,
그러나 사물의 등장 저 너머에서 경이롭게 다가오는,
절대적 목소리, 입 없는 목소리로 화한 멀고 소리 없는
　　목소리로,
밤바다의 고독 안에서 또 위에서 다가오며,
나를 부른다, 나를 부른다, 나를 부른다……

숨죽이듯이, 혹시나 들릴까 봐, 소리 없이 다가온다,
멀리서, 여기서는 들을 수 없고, 다른 곳에서 나는 소리인
　　것처럼,
억누른 딸꾹질처럼, 꺼지려는 불처럼, 고요한 날숨처럼,
공간의 어느 편도 아닌 곳에서, 시간의 어느 장소도 아닌
　　곳에서,
영원한 밤의 외침, 깊고 혼란스런 한 줄기 입바람,

Ahô-ô-ô-ô-ô-ô-ô-ô-ô-ô-ô-ô---yyy......

Ahô-ô-ô-ô-ô-ô-ô-ô-ô-ô-ô-ô-ô-ô------yyy ......

Schooner ahô-ô-ô-ô-ô-ô-ô-ô-ô-ô-ô-ô-ô-ô-ô-ô--------yy.........

Tremo com um frio da alma repassando-me o corpo

E abro de repente os olhos, que não tinha fechado.

Ah, que alegria a de sair dos sonhos de vez!

Eis outra vez o mundo real, tão bondoso para os nervos!

Ei-lo a esta hora matutina em que entram os paquetes que

  chegam cedo.

Já não me importa o paquete que entrava. Ainda está longe.

Só o que está perto agora me lava a alma.

A minha imaginação higiénica, forte, prática,

Preocupa-se agora apenas com as cousas modernas e úteis,

Com os navios de carga, com os paquetes e os passageiros,

Com as fortes cousas imediatas, modernas, comerciais,

  verdadeiras.

Abranda o seu giro dentro de mim o volante.

아호오-오-오-오-오-오-오-오-오-오-오-오-이이이……,
아호오-오-오-오-오-오-오-오-오-오-오-오-오-오-오-
    이이이……,
스쿠너 아호-오-오-오-오-오-오-오-오-오-오-오-오-오-오-오-
    이이……,

내 몸에 또다시 스며드는 영혼의 추위에 덜덜 떨다가
나는 갑자기, 감은 적도 없는 두 눈을 뜬다.
아, 꿈에서 완전히 빠져나오는 기쁨이라니!
바로 여기 또다시 진짜 세상이 있구나, 신경들에게 너무나
    좋은!
바로 이것, 일찍 도착하는 여객선들이 들어오는 이 아침.

들어오던 여객선 따위 이제는 아무래도 좋다. 아직도 저
    멀리 있다.
오로지 가까이 있는 것만이 내 영혼을 씻겨 준다.
위생적이고, 강하고, 실용적인 내 상상력은,
이제 현대적이고 유용한 것들에만 관심을 둔다,
화물선, 상선들 그리고 승객들,
강하면서 즉각적이고, 현대적이고, 상업적이고, 진짜인 것들.
내 안에서 타륜의 회전이 잦아든다.

Maravilhosa vida marítima moderna,

Toda limpeza, máquinas e saúde!

Tudo tão bem arranjado, tão espontaneamente ajustado,

Todas as peças das máquinas, todos os navios pelos mares,

Todos os elementos da actividade comercial de exportação e
  importação

Tão maravilhosamente combinando-se

Que corre tudo como se fosse por leis naturais,

Nenhuma cousa esbarrando com outra!

Nada perdeu a poesia. E agora há a mais as máquinas

Com a sua poesia também, e todo o novo género de vida

Comercial, mundana, intelectual, sentimental,

Que a era das máquinas veio trazer para as almas.

As viagens agora são tão belas como eram dantes

E um navio será sempre belo, só porque é um navio.

Viajar ainda é viajar e o longe está sempre onde esteve —

Em parte nenhuma, graças a Deus!

Os portos cheios de vapores de muitas espécies!

Pequenos, grandes, de várias cores, com várias disposições de
  vigias,

경이로운 최신식 해상의 삶이여,
모든 청결함, 기계와 건강!
모든 것이 너무도 잘 정리된, 너무도 자발적으로 잘 조여진,
모든 기계 부품들, 바다의 모든 배들,
수입과 수출의 모든 상거래 요소들이
이토록 경이롭게 서로 결합되어
모두 자연의 법칙에 의한 것처럼 돌아간다,
서로 충돌하는 것 하나 없이!

아무것도 시를 잃지 않았다. 게다가 이제는 기계들까지
그들만의 시가 있다, 거기다 전혀 새로운 삶의 방식
상업적이고, 세속적이고, 지적이고, 감상적인 삶은,
기계의 시대가 우리 영혼에 가져온 것들.
오늘날의 여행은 옛날만큼이나 너무도 아름다우며
배는 언제나 아름다울 것이다, 그게 배라는 이유만으로.
여행은 아직도 여행이고 먼 곳은 언제나 있던 그곳이다 —
어디도 아닌 그곳, 천만다행!

온갖 종류의 증기선으로 가득 찬 항구들!
크고, 작은, 색깔도 다양한, 창문의 배열도 다양한,
너무도 맛깔나게 수많은 해운 회사들 소속인!
정박지에서 뚜렷하게 구분되는 너무도 제각각인, 항구의

De tão deliciosamente tantas companhias de navegação!
Vapores nos portos, tão individuais na separação destacada dos
ancoramentos!
Tão prazenteiro o seu garbo quieto de cousas comerciais que
andam no mar,
No velho mar sempre o homérico, ó Ulisses!
O olhar humanitário dos faróis na distância da noite,
Ou o súbito farol próximo na noite muito escura
(«Que perto da terra que estávamos passando!» E o som da
água canta-nos ao ouvido)!...

Tudo isto hoje é como sempre foi, mas há o comércio;
E o destino comercial dos grandes vapores
Envaidece-me da minha época!
A mistura de gente a bordo dos navios de passageiros
Dá-me o orgulho moderno de viver numa época onde é tão fácil
Misturarem-se as raças, transporem-se os espaços, ver com
facilidade todas as cousas,
E gozar a vida realizando um grande número de sonhos.

Limpos, regulares, modernos como um escritório com guichets
em redes de arame amarelo,

증기선들!
너무나 흡족하구나 바다에 다니는 상업적인 물체들의
　차분한 기품이,
언제까지나 호메로스적인 오래된 바다에서, 오 율리시스여!
밤의 먼 등대들의 인도적인 시선,
혹은 칠흑 같은 밤 속 뜻밖의 가까운 등대……!
("우리가 얼마나 육지 가까이를 지나고 있었던가!" 물소리가
　우리 귀에 대고 노래한다.)

오늘날 이 모든 것은 예전 그대로지만, 무역이 있다,
그리고 거대한 증기선들의 무역 목적지는
나의 시대에 대해 우쭐대게 만든다!
여객선에 탄 사람들의 다양함은
인종끼리 섞이는 것, 공간을 이동하는 것, 모든 걸 편안하게
　보는 것과
상당수의 꿈들을 현실화하며 삶을 즐기는 것이
너무나도 쉬운 시대에 산다는 현대적인 자부심을 준다.

노란 쇠줄 철망으로 된 창구가 있는 사무실처럼 깨끗하고,
　정돈되고, 현대적인,
신사처럼 자연스럽게 절제된, 지금의 내 감각들은
실용적이며, 착란 따위와는 거리가 멀고, 바다 공기로

Meus sentimentos agora, naturais e comedidos como gentlemen,

São práticos, longe de desvairamentos, enchem de ar marítimo

   os pulmões,

Como gente perfeitamente consciente de como é higiénico

respirar o ar do mar.

O dia é perfeitamente já de horas de trabalho.

Começa tudo a movimentar-se, a regularizar-se.

Com um grande prazer natural e directo percorro com a alma

Todas as operações comerciais necessárias a um embarque de

   mercadorias.

A minha época é o carimbo que levam todas as facturas,

E sinto que todas as cartas de todos os escritórios

Deviam ser endereçadas a mim.

Um conhecimento de bordo tem tanta individualidade,

E uma assinatura de comandante de navio é tão bela e moderna!

Rigor comercial do princípio e do fim das cartas:

Dear Sirs — Messieurs — Amigos e Snrs,

Yours faithfully — …nos salutations empressées…

Tudo isto é não só humano e limpo, mas também belo,

허파를 채운다,
바다 공기를 들이마시는 게 얼마나 위생적인지를 아주 잘
    아는 사람들처럼.

날은 이미 완연히 일과 시간으로 접어들었다.
모든 것이 활기를 띠고, 질서정연해진다.

자연스럽고 직접적인 큰 기쁨을 안고 나는 영혼과 함께 다닌다
상품들의 적재를 위해 필요한 모든 상업적인 활동들.
나의 시대는 모든 송장(送狀)에 찍히는 도장,
그리고 내 느낌에 모든 사무실들의 모든 서신들이
내게로 보내져야 할 것만 같다.

선하증권(船荷證券)[18]에는 너무나 많은 개성이 있고,
선장의 서명은 너무나 아름답고도 현대적이다!
서신들의 첫머리와 끝맺음의 상업적인 엄격함,
친애하는 아무개님께―여러분께―친구 분들과 신사 분들께,
당신의 진정 어린 ― ……우리의 진심 어린 안부를……
이 모든 게 그저 인간적이고 깔끔할 뿐만 아니라,
    아름답기조차 하다,
그리고 최종적으로 해상의 목적지가 있다, 이 서신들과
    송장들에 나오는

E tem ao fim um destino marítimo, um vapor onde embarquem
As mercadorias de que as cartas e as facturas tratam.

Complexidade da vida! As facturas são feitas por gente
Que tem amores, ódios, paixões políticas, às vezes crimes —
E são tão bem escritas, tão alinhadas, tão independentes de
    tudo isso!
Há quem olhe para uma factura e não sinta isto.
Com certeza que tu, Cesário Verde, o sentias.
Eu é até às lagrimas que o sinto humanissimamente.
Venham dizer-me que não há poesia no comércio, nos escritórios!
Ora, ela entra por todos os poros... Neste ar marítimo respiro-a,
Porque tudo isto vem a propósito dos vapores, da navegação
    moderna,
Porque as facturas e as cartas comerciais são o princípio da história
E os navios que levam as mercadorias pelo mar eterno são o fim.

Ah, e as viagens, as viagens de recreio, e as outras,
As viagens por mar, onde todos somos companheiros dos outros
Duma maneira especial, como se um mistério marítimo

상품들을 적재하는 어느 증기선.

인생의 복잡성! 이 송장들은 사람 손으로 만들어졌지
사랑, 증오, 정치적 열정을 가진, 가끔은 범죄도 저지르는 ─
너무도 잘 쓰였고, 잘 정렬됐고, 이 모든 것으로부터
　　독립적이지!
송장을 보고도 이를 못 느끼는 이도 있다.
세자리우 베르드, 당신은 당연히 느꼈겠지.
내 경우는 이것을 얼마나 인간적으로 느끼는지 눈물이 날
　　정도다.
어디 한번 나한테 와서 말해 보라지, 장삿속에는,
　　사무실에는 시가 없다고!
어디 보자, 모든 땀구멍으로도 들어오는구나…… 이 바다
　　공기 중에도 나는 그걸 숨 쉰다,
왜냐하면 이 모든 게 증기선들과, 현대식 항해와 관련된
　　것이기에,
왜냐하면 송장과 상업 서신들은 역사의 시작이고,
영원한 바다로 상품들을 싣고 가는 배들은 그 끝이기에.

아, 여행들, 놀러 다니는 여행들, 그리고 다른 종류들,
바다 여행들, 우리 모두가 타인의 동행이 되는,
특별한 방식으로, 마치 바다의 어떤 신비가

Nos aproximasse as almas e nos tornasse um momento
Patriotas transitórios duma mesma pátria incerta,
Eternamente deslocando-se sobre a imensidade das águas!
Grandes hotéis do Infinito, oh transatlânticos meus!
Com o cosmopolitismo perfeito e total de nunca pararem num
    ponto
E conterem todas as espécies de trajes, de caras, de raças!

As viagens, os viajantes — tantas espécies deles!
Tanta nacionalidade sobre o mundo! tanta profissão! tanta
    gente!
Tanto destino diverso que se pode dar à vida,
À vida, afinal, no fundo sempre, sempre a mesma!
Tantas caras curiosas! Todas as caras são curiosas
E nada traz tanta religiosidade como olhar muito para gente.
A fraternidade afinal não é uma ideia revolucionária.
É uma cousa que a gente aprende pela vida fora, onde tem que
    tolerar tudo,
E passa a achar graça ao que tem que tolerar,
E acaba quase a chorar de ternura sobre o que tolerou!

우리들 영혼 가까이 다가와 우리를 한순간
끝없는 수면 위로 영원히 옮겨 다니는
하나의 불확실한 조국에 대한 일시적인 애국자들로 만들어
    버린 것처럼!
거대한 **무한**의 호텔들, 오 나의 대서양 횡단선들!
모든 종류의 복장들, 얼굴들, 인종들을 포함하며
절대 한 지점에 머물지 않는 완벽하고 총체적인 범세계주의!

여행들, 여행자들 ── 어찌나 종류가 많은지!
지구 위에는 어찌나 국적도 많은지! 너무도 다양한 직업!
    너무나 많은 사람들!
인생에 부여할 수 있는 너무나도 다양한 운명,
인생, 결국 저 깊은 차원에서는 늘, 늘 한결같은!
너무도 많은 신기한 얼굴들! 모든 얼굴들은 신기하지
그리고 인간을 뚫어져라 응시하는 것처럼 경건함을
    불러일으키는 것도 없지.
형제애는 결국 혁명적인 사상이 아니다.
그것은 인간이 인생을 통해 배우는 것이다, 모든 걸
    관용해야 하는 곳에서,
그리고 관용해야 함을 즐거이 여길 줄 알게 되면서,
관용한 것에 대해 여린 마음으로 거의 울게 될 때까지!

Ah, tudo isto é belo, tudo isto é humano e anda ligado
Aos sentimentos humanos, tão conviventes e burgueses,
Tão complicadamente simples, tão metafisicamente tristes!
A vida flutuante, diversa, acaba por nos educar no humano.
Pobre gente! pobre gente toda a gente!

Despeço-me desta hora no corpo deste outro navio
Que vai agora saindo. É um tramp-steamer inglês,
Muito sujo, como se fosse um navio francês,
Com um ar simpático de proletário dos mares,
E sem dúvida anunciado ontem na última página das gazetas.

Enternece-me o pobre vapor, tão humilde vai ele e tão natural.
Parece ter um certo escrúpulo não sei em quê, ser pessoa
    honesta,
Cumpridora duma qualquer espécie de deveres.
Lá vai ele deixando o lugar defronte do cais onde estou.
Lá vai ele tranquilamente, passando por onde as naus estiveram
Outrora, outrora…
Para Cardiff? Para Liverpool? Para Londres? Não tem
    importância.

아, 이 모든 것이 아름답구나, 이 모든 것이 인간적이고
인간적인 감각들과 연결된다, 너무도 공동체적이고
　　　부르주아적이며,
너무도 복잡하게 단순한, 너무도 형이상학적으로 슬픈!
다종다양하고 부유하는 삶은, 종국에는 인간성 속에 우리를
　　　교육시킨다.
불쌍한 인간들! 우리 모두 불쌍한 인간들!

이 시각 나는 이 다른 배의 몸과 작별한다
지금 출항하려는 이 배에서. 영국제 부정기(不定期) 화물선이다.
프랑스제 선박이라도 되는 듯, 상당히 지저분한,
해양 프롤레타리아의 선량한 분위기를 풍기는,
필시 어제 신문 마지막 면에 났겠지.

가엾은 증기선이 나를 뭉클하게 한다, 너무나 겸손하고
　　　너무나 자연스럽게도 가는구나.
알 수 없는 어떤 주저함이 있는 것 같다, 정직한 사람이라서,
어떤 의무를 이행해야 하는 사람처럼.
저기로 간다 나 있는 부두 앞을 떠나면서.
저기로 간다 유유히, 옛날, 옛적에
배들이 있었을 곳을 지나면서…….
카디프로? 리버풀로? 런던으로? 상관없다.

Ele faz o seu dever. Assim façamos nós o nosso. Bela vida!

Boa viagem! Boa viagem!

Boa viagem, meu pobre amigo casual, que me fizeste o favor

De levar contigo a febre e a tristeza dos meus sonhos,

E restituir-me à vida para olhar para ti e te ver passar.

Boa viagem! Boa viagem! A vida é isto...

Que aprumo tão natural, tão inevitavelmente matutino

Na tua saída do porto de Lisboa, hoje!

Tenho-te uma afeição curiosa e grata por isso...

Por isso quê? Sei lá o que é!... Vai... Passa...

Com um ligeiro estremecimento,

(T-t--t---t----t-----t...)

O volante dentro de mim pára.

Passa, lento vapor, passa e não fiques...

Passa de mim, passa da minha vista,

그저 자기 의무를 다할 뿐. 우리가 우리 것을 하듯이.
　　아름다운 인생이여!

좋은 여행이 되길! 좋은 여행이!
좋은 여행이 되길, 나의 가엾은 우연의 친구여, 내 꿈의
열병과 슬픔을 너와 함께 데려가라는 부탁을 들어준,
너를 보고 네가 가는 걸 볼 수 있도록, 나를 다시 삶으로
　　되살려 준 너.
좋은 여행 되기를! 좋은 여행 되기를! 인생이 바로 이런
　　거지……
오늘, 리스본의 항구를 떠나는 길에
네 곧은 자세가 그렇게 자연스러울 수 없고, 그렇게
　　하릴없이 아침과 어울리는구나!
그래서 나는 너한테 신기한 애착을 갖고 있고 참 고마워……
뭐가 그래서냐고? 누가 알겠어 그게 뭔지……! 어서 가……
　　지나가……
미세한 떨림과 함께,
(트-트-트-트----트----트……)
내 안의 타륜이 멈춘다.

가거라, 느린 증기선아, 어서 가고 여기 머물지 말아……
나를 떠나거라, 내 시야에서 없어져,

Vai-te de dentro do meu coração,

Perde-te no Longe, no Longe, bruma de Deus,

Perde-te, segue o teu destino e deixa-me...

Eu quem sou para que chore e interrogue?

Eu quem sou para que te fale e te ame?

Eu quem sou para que me perturbe ver-te?

Larga do cais, cresce o sol, ergue-se ouro,

Luzem os telhados dos edifícios do cais,

Todo o lado de cá da cidade brilha...

Parte, deixa-me, torna-te

Primeiro o navio a meio do rio, destacado e nítido,

Depois o navio a caminho da barra, pequeno e preto,

Depois ponto vago no horizonte (ó minha angústia!),

Ponto cada vez mais vago no horizonte...,

Nada depois, e só eu e a minha tristeza,

E a grande cidade agora cheia de sol

E a hora real e nua como um cais já sem navios,

E o giro lento do guindaste que como um compasso que gira,

Traça um semicírculo de não sei que emoção

No silêncio comovido da minh'alma...

Primavera de 1915

내 마음 안에서 나가,
멀리, 저 멀리, 신의 안개 속으로 사라져,
사라지고, 나를 떠나 네 갈 길을 가……
내가 누구길래 울고, 너에게 질문을 던지나?
내가 누구라고 너에게 말을 걸고 너를 사랑하나?
내가 누구라고 너를 보는 것만으로 심란해지나?
부두에서 멀어지면서, 태양은 점점 커지고, 금빛으로
     떠오른다,
부두 건물들의 기와지붕들이 빛난다,
도시 이쪽 편이 모두 반짝거린다……
떠나, 나를 두고 먼저
눈에 띄게 분명한, 강 한복판의 배가 되었다가,
그다음에는 작고 검은, 항구 입구로 가는 배가,
그다음에는 수평선의 희미한 점 하나로, (아 내 괴로움!)
점점 더 희미해지는 수평선의 한 점으로……
나중에는 아무것도 없고, 그저 나 그리고 내 슬픔만,
그리고 이제 햇빛으로 충만한 거대한 도시만
그리고 이미 배 없는 항구처럼 벌거벗은 현실적인 시간,
그리고 마치 돌아가는 나침반 같은, 기중기의 느린 회전이,
나도 모를 어떤 감정의 반원을 긋는다
내 영혼의 먹먹한 침묵 속에……

(1915년, 봄)

동료 작가 코스타 브로샤두와 함께

주(註)

1) 세례자 요한을 의미한다.

2) 강한 방향성 냄새가 나는 투명한 고체인 지방 고리 모양 유기화합물 케톤의
   일종이다. 통증이나 붓기 완화 효능이 있다고 알려져 있다.

3) 프랑스의 오래된 출판사인 플롱(Plon)과 메르쿠르(Mercure)를 말한다.

4) 포트사이드(Port Said)는 이집트 동북부, 수에즈 운하의 지중해 쪽 어귀에
   있는 항구 도시.

5) 빈텡(vintém)은 여기서는 옛 포르투갈의 동전 단위로 20레이스
   동화(銅貨)를 말한다.

6) 말스트룀(Maelstrom)은 노르웨이 서북 해안 앞바다의 큰 소용돌이.

7) 무도회에서 쓰는 두건(頭巾), 얼굴의 상반부를 가리는 작은 가면에 붙은
   외의(外衣) 또는 가장복(假裝服).

8) 배를 만들거나 수리할 때 올려놓는 대.

9) 롱샹(Long Champ)은 파리 서쪽 교외 불로뉴(Boulogne) 숲에 있는 경마장,
   더비는 더비 스테이크스(Derby stakes)의 약칭으로 더비 경이 창설한
   경마대회, 애스콧은 영국 버크셔(Berkshire)주에 있는 경마장.

10) 선박을 건조하거나 수리하기 위한, 부유하는 선거(船渠)의 일종.

11) 킬(Kiel)은 독일 북부, 슐레스비히홀슈타인주의 주도, 항만도시.

12) 일본 민족 사이에서 발생한 고유의 민족 신앙.

13) 뱃전의 창문.

14) 돛대가 두 개 이상인 범선.

15) 군함의 돛대 위에서 근무하는 선원.

16) 중간 돛.

17) 알마다(Almada)는 후미를 끼고 리스본을 마주 보는 포르투갈 중남부 도시.

18) 해상 운송 계약에 따른 운송 화물의 수령 또는 선적(船積)을 인증하고, 그
    물품의 인도 청구권을 문서화한 증권.

페르난두 페소아(1929년)

1887년   9월 5일 페소아의 부모, 포르투갈 리스본에서 결혼.
아버지 조아킴 드 시아브라 페소아(Joaquim de Seabra
Pessoa)는 법무부 공무원이었고, 어머니 마리아 마달레나
피녜이루 네게이라(Maria Magdalena Pinheiro Nogueira
Pessoa)는 박식한 여성으로, 예술에 조예가 깊었음.
9월 19일 대표 이명 중 하나인 리카르두 레이스(Ricardo
Reis), 오후 4시 5분 포르투에서 '출생'.

1888년   6월 13일 페르난두 안토니우 노게이라 페소아(Fernando
António Nogueira Pessoa), 오후 3시 20분 리스본에서 출생.
이명 알렉산더 서치(Alexander Search)도 같은 날 리스본에서
'출생'.

1889년   4월 16일 이명 알베르투 카에이루(Alberto Caeiro), 오후 1시
45분 리스본에서 '출생'.

1890년   10월 15일 이명 알바루 드 캄푸스(Álvaro de Campos), 오후
1시 30분 포르투갈 남부 알가르브의 타비라에서 '출생'.

1893년   7월 13일, 페소아의 아버지 결핵으로 사망.

1894년   그의 '내면 극장'을 채울 분신 혹은 문학적 캐릭터들을
만들어내는 습관이 시작됨.

1895년   7월 26일 그의 첫번째 시 「사랑하는 나의 어머니께(À Minha
Querida Mamã)」를 씀.
12월 30일 그의 어머니는 남아프리카공화국 더반 주재
포르투갈 영사 주앙 미겔 로사와 결혼.

1896년   어머니와 함께 더반으로 이주.

1899년   알렉산더 서치에 관한 텍스트 첫 등장.
4월 7일 더반 고등학교에 입학.
셰익스피어를 비롯하여 영국 고전 문학에 심취하게 됨.

1901년	자필로 남긴 것 중 가장 오래된 시 「당신으로부터
	떨어져서(Separated from thee)」를 영어로 씀.
	6월 25일 이부 여동생 마달레나 엔리케타 사망.
	9월 13일 가족과 함께 리스본 도착.
1902년	5월 판크라시우(Pancrácio, '백치'라는 뜻), 박사의 이름으로
	가상 신문《말(A Palavra)》을 3호까지 펴냄.
	7월 18일 일간지《임파르시아우(O Imparcial)》에 자신의
	시를 처음으로 게재.
	10월 대학 입학을 준비하기 위해 더반 상업학교의
	야간반에 입학.
1903년	11월 희망봉 대학에서 주관하는 대학 입학 허가 시험에
	응시. 최우수 영어 에세이 부분에서 빅토리아 여왕
	기념상을 수상.
1904년	2월 더반으로 돌아와 대학 준비 과정 공부를 시작함. 이
	시기에 탐독한 작가는 셰익스피어, 밀턴, 바이런, 셸리,
	키츠, 테니슨, 칼라일, 브라우닝, 포, 휘트먼 등.
	7월 9일 상당 분량의 원고를 남긴 첫 번째 분신 찰스
	로베르트 아논(Charles Robert Anon)의 이름으로《나탈
	머큐리(The Natal Mercury)》지에 시를 게재.
1905년	9월 14일 리스본 도착.
	10월 2일 리스본대학교 인문학부에 다니기 시작.
1906년	1904~06년 사이에 쓰인 몇몇 단편들과 기존에 '찰스
	로베르트 아논'으로 서명되었던 시 몇 편을 알렉산더
	서치의 이름으로 고쳐 표기.
1907년	다양한 언어로 글을 쓰는 여러 분신들이 등장.
	포르투갈어로 쓰는 파우스티누 안투네스(Faustino
	Antunes)와 판탈레앙(Pantaleão), 영어로 쓰는 찰스 제임스
	서치(Charles James Search)와 모리스 수사(Friar Maurice),
	프랑스어로 쓰는 장 쉴(Jean Seul) 등.

4월 주앙 프랑쿠(João Franco)의 독재에 항의해 시작된
대규모 학생 수업 거부의 여파로 리스본 대학교에서도
수업이 폐강됨. 독학을 결심하고 대학을 중퇴.
9월 견습으로 다니던 무역 정보 회사 'R. G. Dun
Company'을 그만둠.

1908년 괴테의 동명 소설에서 영감을 받은 극작품
「파우스투(Fausto)」를 처음으로 씀.

1909년 세 개의 필명 등장. 조아킴 모라 코스타(Joaquim Moura
Costa), 비센트 게데스(Vicente Guedes), 카를루스 오토(Carlos
Otto).
리스본에 출판사 '이비스(Íbis)' 개업.

1910년 엽서나 봉투 등 우편 인쇄물 외에는 단행본 한 권 출판하지
못하고 '이비스' 폐업.

1911년 5월 영어와 스페인어권 작가들로 이뤄진 '세계 명작
문고(Biblioteca Internacional de Obras Célebres)' 전 24권의
번역에 들어가 1912년경에 출판.
6월 이사. 아니카 이모와 함께 살게 됨. 그녀는 오컬트에
관심을 갖고 있었고, 페소아에게도 영향을 미침.

1912년 첫 비평문 「사회학적으로 고찰한 포르투갈의 새로운
시(A Nova Poesia Portuguesa Sociologicamente Considerada)」를
포르투에서 발행하는 잡지 《아기아(A Águia)》에 게재.
절친한 시인 마리우 드 사-카르네이루(Mário de Sá-
Carneiro, 1890-1916)가 파리로 이주하게 되면서 두 사람
사이의 꾸준한 서신 교환이 시작됨.

1914년 잡지 《레나센사(A Renascença)》(문예부흥)에 「내 마을의
종소리(Ó Sino da Minha Aldeia)」와 「습지들(Pauis)」을 기고.
사-카르네이루를 비롯한 젊은 시인, 예술가들과 자주
만남을 가지며 새로운 잡지에 대한 구상을 구체화함.
3월 4일 알베르투 카에이루의 이름으로 기록된 첫 시 발표.

6월 이듬해 출판하게 될 「승리의 송시(Ode Triunfal)」와 함께
알바루 드 캄푸스의 첫 등장.

6월 12일 리카르두 레이스의 이름으로 기록된 첫 시 발표.

1915년 알베르투 카에이루의 '철학적인 제자' 이명 안토니우
모라(1914년에 처음 만들어진 것으로 보임)의 첫 번째
구체적인 등장. 알베르투 카에이루 결핵으로 '사망'.

3월 24일 《오르페우(Orpheu)》 1호 발행. 「선원
(O Marinheiro)」과 「승리의 송시」 등이 게재됨.

제1차 세계대전의 여파 및 스캔들을 일으킨 잡지의
주동자로 낙인찍힌 탓에 일거리가 줄어들면서 심각한
재정난을 겪게 됨.

6월 말 《오르페우》 2호 발행. 「기울어진 비(Chuva
Oblíqua)」와 「해상 송시(Ode Marítima)」 등이 게재됨.

7월 6일 알바루 드 캄푸스의 이름으로 《카피타우
(A Capital)》지에 보낸 글에서 정치인 알폰수 코스타에 관해
조롱하는 내용을 써서 많은 이들(《오르페우》 동인들까지
포함)의 공분을 삼. 결과적으로 《오르페우》의 발행에
악영향을 끼침.

9월 헬레나 블라바츠키(Helena Blavatsky)와 찰스 웹스터
리드비터(C. W. Leadbeater) 등의 신지학(Teosofia) 관련 작품
여섯 편을 번역.

12월 또 다른 이명, '긴 수염의 점성술가' 라파엘
발다야(Raphael Baldaya) 등장.

1916년 3월 자동기술 및 점성술 관련 글쓰기 시작.

4월 26일 마리우 드 사-카르네이루 파리에서 자살.

9월 이름 'Pessôa'에서 곡절 악센트(circumflex)를 제거하고
'Pessoa'로 사용하기로 함.

1917년 5월 12일 《오르페우》 3호의 콘텐츠를 결정. 그러나 3호는
끝내 발행되지 못함.

5월 12일 시집 『광기 어린 바이올린 연주자(The Mad Fiddler)』의 원고를 영국의 출판사에 보냈으나, 거절 당함.

두 명의 동업자와 함께 'F. A. Pessoa'라는 상업 거래 중개 회사를 차림.

10월 잡지 《포르투갈 미래파(O Portugal Futurista)》에 캄푸스의 「최후통첩」을 기고. 《포르투갈 미래파》는 11월에 경찰에 의해 압수 조치당함.

10월 또는 11월 이사.

1918년   4월 19일 《오르페우》 동인 산타 리타 핀토르(Santa-Rita Pintor) 파리에서 자살.

5월 1일 'F. A. Pessoa' 폐업.

7월 영어 시집 『안티누스(Antinous)』와 『35개의 소네트 (35 Sonnets)』를 자비 출판.

10월 또 다른 《오르페우》 동인 아마데우 드 소자-카르도수(Amadeo de Souza-Cardoso)가 병으로 사망.

10월 13일 리스본 일간지 《시간(O Tempo)》에 통치 체제로서의 공화국은 실패라는 통념을 반박하는 글 「실패?(Falência?)」를 기고.

11월 또는 12월 이사.

1919년   2월 13일 포르투에서 공화파가 왕정을 타도하면서, 왕정주의자였던 리카르두 레이스가 브라질로 '망명'.

5~8월 이사

10월 7일 계부가 프레토리아에서 사망.

10~11월 이사

11월 왕래하던 회사(Félix, Valladas & Freitas)에서 생애 '유일한' 연인이었던 오펠리아 케이로스(Ofélia Queiroz)를 만남.

1920년   권위 있는 영국 문예지 《아테네움(Athenaeum)》에 시 「그동안(Meantime)」을 게재.

3월 1일 오펠리아에게 첫 연애 편지를 씀.

3월 20일 남아공에 있던 어머니와 이부 형제, 자매들이 리스본으로 귀국.

3월 29일 코엘류 다 로샤 거리 16번지로 마지막 이사. 이곳에서 여생을 보내게 됨.

11월 29일 오펠리아와 편지를 통해 헤어짐.

1921년　작은 출판사 겸 에이전시 '울리시푸(Olisipo)' 개업.

1922년　울리시푸에서 동성애로 물의를 일으키던 안토니우 보투(António Botto)의 시집 『노래들(Canções)』을 출판.

7월 안토니우 보투를 옹호하는 글 「포르투갈에서의 미학적 이상(Ideal Estético em Portugal)」을 《동시대》에 기고.

11월 중개 상업을 다루는 회사 'F. N. Pessoa'를 차려 향후 3년간 운영.

1923년　1월 프랑스어로 쓴 시 세 편을 《동시대》에 기고.

2월 알바루 드 캄푸스의 「리스본 재방문(Lisbon Revisited)」(1923)을 《동시대》에 기고.

울리시푸에서 라울 레아우(Raul Leal)의 소품 『신격화된 소돔(Sodoma Divinizada)』을 출간.

3월 보수적인 학생들의 집단 항의로 정부는 『신격화된 소돔』과 『노래들』을 포함한 '부도덕'한 책들을 금서로 지정. 페소아는 알바루 드 캄푸스의 이름으로 학생들을 비판하고 라울 레아우를 옹호하는 선언문 「도덕이라는 명분의 공지(Aviso por Causa da Moral)」를 발표.

7월 21일 계부의 삼촌인 엔리케 로사(Henrique Rosa)와 함께 살게 됨. 그는 과학과 문학을 두루 섭렵해 페소아가 세자리우 베르드(Cesário Verde), 안테루 드 켄탈(Antero de Quental) 등 포르투갈 문학에 본격적으로 눈을 뜨게 해줌.

1924년　10월 화가 루이 바스(Rui Vaz)와 함께 잡지

《아테나(Athena)》를 창간. 아방가르드적 실험 이후
'질서로의 귀환'을 표방한 이 잡지는 리카르두 레이스와
알베르투 카에이루가 활약하기에 적절한 지면이었음.
창간호에는 그때까지 대중들에게는 알려지지 않았던
레이스의 송시 스무 편을 게재함.

1925년   1월(또는 2월)《아테나》3호 발행. 본명으로 서명된 시
열여섯 편과 엔리케 로사의 시 세 편을 기고.

3월 17일 어머니 사망.

3월《아테나》4호 발행. 사후에 출간될 시집『양 떼를
지키는 사람(O Guardador de Rebanhos)』중 23편의 시를 실어
알베르투 카에이루의 존재를 대중에게 첫 공개.

내서니얼 호손의『주홍 글자』를 포르투갈어로 번역.

1926년   1월 1일『주홍 글자』의 1회분이 잡지
《일루스트라상(Ilustração)》에 실림.

6월 매제인 프란시스쿠 카에타누 디아스(Francisco Caetano
Dias)와 함께《비즈니스와 회계 잡지Revista de Comércio e
Contabilidade》를 창간. 이 잡지에 사업이나 정치 및 시사
이슈에 관한 글을 기고함.

7월 알바루 드 캄푸스의「리스본 재방문Lisbon
Revisited」(1926)을《동시대》에 기고.

1927년   6월 4일 본명으로 서명한 시와 알바루 드 캄푸스의 산문을
《암비엔트(Ambiente)》에 기고하는 것을 시작으로, 3개월 전
코임브라에서 창간된 잡지《프레젠사(Presença)》와의 향후
긴밀한 공동작업이 시작됨.

1928년   『프레젠사』의 공동 창립자이자 소설가, 시인이며, 1년 전
페소아의 문학사적 중요성에 대해 처음으로 언급한 글을
쓴 주제 레지우(José Régio)에게 첫 편지를 씀.

8월, 바랑 드 테이브(Barão de Teive)의 첫 등장.

1929년   4~6월 1913년 이후 16년간 언급 없던『불안의

책』으로 출간될 글 열한 편이 리스본 잡지《레비스타(A
Revista)》(리뷰)에 1929~32년 사이 게재됨. '준-이명'
베르나르두 수아레스의 이름으로 귀속됨.
페소아의 작품 세계를 정식으로 연구한 첫번 째 비평문을
낸《프레젠사》의 공동 편집인 주앙 가스파르 시몽이스(João
Gaspar Simões)에게 감사 편지를 씀.
오펠리아와의 서신 교환 재개.
신비주의 마술가 앨리스터 크로울리(Aleister Crowley)와 서신
교환이 시작됨.

1930년 　　오펠리아에게 마지막으로 편지를 보냄. 그녀는 그 후에도
몇 해 동안 편지를 보내오고 둘은 가끔 전화 통화를 하거나
만나기도 함. 오펠리아는 몇 해 후에 다른 사람과 결혼을
하고, 1991년에 사망함.
9월 2일 앨리스터 크로울리가 리스본에 도착, 페소아와
만남. 페소아는 크로울리가 가짜 자살 소동을 일으키도록
도왔는데, 주요 일간지에 이 사건이 대대적으로 보도됨.
이를 소재로 페소아는 미완성 추리소설 「지옥의 입(Boca do
inferno)」을 씀. 이는 '자살' 장소로 설정된 리스본 근교의
절벽 이름임.

1932년 　　리스본 근교(Cascais)의 박물관-도서관의 사서(관리)직에
지원하나 실패.

1933년 　　심각한 우울증세를 겪지만 많은 시와 산문을 씀.
1월 그의 시 다섯 편이 피에르 우카드(Pierre Hourcade)에
의해 프랑스어로 번역되어 마르세유 잡지《카이에 뒤 쉬드》
에 게재됨.
3~4월 마리우 드 사-카르네이루의 미발표 유작들을
편집한 『금의 흔적(Indícios de Ouro)』을 준비함.(출간은
1937년에 이뤄짐.)
7월 1928년 1월 15일에 쓴 알바루 드 캄푸스의 시

「담뱃가게(Tabacaria)」를 《프레젠사》에 게재.

1934년   12월 1일 생전에 포르투갈어로 출간된 유일한 책인 시집 『메시지(Mensagem)』 출간. 국가공보처 문학상 2등상 수상(주최 측이 요구한 최소 분량 100페이지를 채우지 못함).

1935년   1월 13일 아돌푸 카사이스 몬테이루에게 이명의 기원에 관한 유명한 편지를 씀.

2월 4일 《일간 리스본(Diário de Lisboa)》에 프리메이슨을 비롯한 '비밀 결사'를 금지하는 법안에 격렬히 반대하는 글을 기고.

2월 21일 독재자 살라자르(Antonio de Oliveira Salazar)가 직접 참석해 연설을 한 국가공보처 문학상 시상식에 불참.

3월 16일 살라자르 정권과 '신 국가/신 정국'(Estado Novo)에 반대하는 여러 시 중 첫 번째 「자유(Liberdade)」를 씀.

10월 21일 알바르 드 캄푸스의 마지막 시 「모든 연애시는/ 터무니 없다(Todas as cartas de amor são/Ridículas)」를 씀.

11월 13일 리카르두 레이스의 마지막 시 「우리 안에는 셀 수 없는 것들이 산다(Vivem em nós inúmeros)」를 씀.

11월 19일 포르투갈어로 남긴 마지막 시 「병 보다 지독한 병이 있다(Há doenças piores que as doenças)」를 씀.

11월 22일 영어로 쓴 마지막 시 「기쁜 태양이 빛난다(The happy sun is shining)」를 씀.

11월 29일 고열과 심한 복통을 느끼고 리스본의 프랑스 병원에 입원. 그곳에서 마지막 글귀를 씀. "내일이 무엇을 가져올지 나는 모른다.(I know not what tomorrow will bring.)"

11월 30일 그의 사촌이자 의사인 쟈이므(Jaime)와 두 친구의 입회 아래 저녁 8시경 사망.

12월 2일 소수의 조문객들에게 《오르페우》의 일원이었던

루이스 드 몬탈보가 짧은 연설문을 낭송하는 가운데
프라제레스 공동묘지에 묻힘.

시인으로서의 페소아

김한민

페르난두 페소아는 비평, 에세이, 희곡, 정치 평론, 소설, 탐정소설, 영화 시나리오, 광고 카피 등 장르 불문하고 왕성하고 폭넓게 글을 썼지만, 본인은 스스로를 시인으로 여겼다. 일곱 살 때부터 죽기 직전까지 평생 시작(詩作)을 멈춰 본 적이 없으며, 포루투갈 문학사에서도 시인으로 알려진 그였으니 그럴 만도 하다.

그러나 아쉽게도 국내에서는 아직까지 페소아의 시가 거의 소개되지 못했다. 1994년에 페소아의 이명(異名) 시인 알베르투 카에이루(당시 표기는 "알베르또 까에이로")의 시 일부를 모아 번역된 『양치는 목동』이 유일한데, 그나마 절판되어 도서관에서도 찾기 쉽지 않다. 그의 대표 산문집 『불안의 책』의 번역본들이 잇달아 출간되며 페소아에 대한 독자의 관심이 점차 늘어나는 이 시점에, 시인으로서 페소아의 면모를 국내에 소개하는 것은 그래서 충분히 의미 있는 일일 것이다.

대부분의 유고를 미발표나 미완성 원고 형태로 남기고 간 페소아 같은 작가들은 후대에 적잖은 골칫거리를 던져 준다. 원 저자의 의도를 곡해한 편집을 하게 될 가능성이 크기 때문이다. 물론 이는 연구자나 편집자에게 상당한 재량과 해석의 여지가 주어짐을 의미하기도 한다. 무려 2000~3000개에 달하는 시를 남긴 페소아의 경우는 어떤 방식으로 시집을 엮을 것인가?

아직 페소아가 광범위하게 알려지지 않은 국내 사정을 감안하면, 포르투갈 현지처럼 여러 권으로 분권해 최대한 많은 시를 담아 내려는 편집 방향보다는 단행본 형태의 대표 시선집이 현실적이겠다.(예외적으로, 이미 폭넓은 페소아 독자층을 확보한 프랑스의 경우, 갈리마르 출판사의 "라 플레야드(La Pléiade)" 시리즈가 성경판 얇은 종이를 써서 상당 분량의 시를 단 한 권의 책 안에 담아내는 데 성공하긴 했지만, 이 역시 '완전'하다 할 수 없으며 여백 없는 빡빡한 편집 때문에 시를 음미하는 감흥이 다소 반감된다는 인상을 받았다.)

대표 시선집의 관건은 무엇보다 시 선정일 것이다. 모든 선집이 그렇듯 주관성에서 완전히 자유로운 선정은 힘들더라도, 옮긴이의 기호에 따른 임의의 목록보다 조금 더 객관성을 갖춘 목록이 낫겠다고 판단되어, 내가 포르투대학교에서 2015년에 진행했던 번역 프로젝트 당시 마련했던 다음과 같은 기준을 근거로 했다.

먼저, 기존에 단행본으로 출간된 시선집들 중 페소아 관련 학계나 출판계에서 권위를 인정받은 학자, 번역자, 작가들의 선집 여덟 권을 추렸다. 절반은 포르투갈어, 나머지 네 권 중 세 권은 외국어(영어 두 권, 스페인어 한 권), 한 권은 포르투갈어/영어 이중 병기(Bilingual)였다.[1] 이들 각 책의 목록들의 교집합을 내는 과정을 거쳐(최소 세 개 판본 이상이 공통적으로 선정한 시를 추리는

---

1) Poesia de Fernando Pessoa, 1945 [2006], Adolfo Casais Monteiro, Editorial Presenca, Portugal(Portuguese) / Os Melhores Poemas de Fernando Pessoa, 1986 [2014], Teresa Rita Lopes, Editora Global Brazil(Portuguese) / Fernando Pessoa: Poesias Escolhidas, 1996, Eugenio de Andrade, Campo das Letras, Portugal(Portuguese) / Antologia Poetica de Fernando Pessoa, 2006, Eduardo Lourenco, Visao JL, Portugal(Portuguese) / Fernando Pessoa: Selected Poems, 1974 [2000], Jonathan Griffin, Penguin Classic, USA(English) / Poems of Fernando Pessoa, 2001, Edward Honig, City Lights Publishers, USA(English) / Antologia Poetica, 1982, Angel Crespo, Espasa Calpe, Spain(Spanish) / Forever Someone Else, 2008 [2013], Richard Zenith, Assirio & Alvim, Portugal(Portuguese/English)

식) 약 120편의 시를 뽑았고, 이것이 이 시선집의 뼈대가 되었다.

여기에 약간의 유동성을 허용해 살을 붙였는데, 가령 목록에는 빠졌으나 학문적 가치가 있는 시를 추가하기도 하고, 반대로 학계에서는 관심을 두지 않지만 대중적으로 잘 알려진 시를 포함시키기도 했다. 또 대표 이명 세 명 중 상대적으로 인지도가 떨어지는 리카르두 레이스의 경우, 각 시선집마다 구성이 판이해 공통분모가 적다고 판단해, 별도로 전문가의 자문을 거쳐 시 선정을 마무리했다.

책 구성의 경우, 참조한 여덟 권의 판본들 대부분이 대동소이했다. 페소아의 대표 이명 세 명과 본명 시로 나뉘는 식이었다. 이 책 역시 그 구성을 따랐다. 단 본명 시 중 『시가집』에 해당되는 시들은 '외국문학번역지원사업'(대산문학재단)에 선정된 별도의 책으로 분리하였다. 결과적으로 이 책은 페소아의 본명과 이명을 모두 다루되 이명들에 더 집중하는 책이 되었다.

페소아의 시들은 미완성이 많아 판본마다 시어가 조금씩 다른 경우도 있고, 행간 간격에도 작은 차이들이 있다. 이 책 역시 '완성작'이라 간주할 수 있는 작품들로 구성하기는 했지만, 여전히 작은 차이들이 발생할 수 있어 『또 다른 자아들의 시 (Poesia dos Outros Eus)』(2007, Edição Richard Zenith, Lisboa, Assírio & Alvim [2a ed. 2010])를 최종 기준으로 삼았음을 알린다.

추천의 글

모든 것들을 모든 감각과 사유로 표현하는 모든 방식의 시

심보선(시인)

한국에서 페소아 열풍이 불기 이전부터, 이 책의 번역을 맡은
김한민은 영어나 스페인어로 페소아를 접하고 그의 작품에
관심을 가지고 있었다. 그는 오로지 페소아를 공부하기 위해
포르투갈어를 익혔고 심지어 포르투갈로 유학을 갔다. 그는
인생의 일부를 페소아에 헌신했다. 이번 한국어판 시선집 출간은
그러한 독특한 헌신의 결과물이다. 감히 말하건대 한국에
김한민만큼 페소아에 미친 사람은 없을 것이다.

페소아의 시는, 다양한 이명들 아래 발표됐고, 이번 시선집은
그 중 일부를 김한민이 엄선하여 번역한 것이다. 페소아의 시가
한국에서 어떻게 읽힐 것인가? 1935년, 40대 중반이라는 이른
나이에 죽었고 죽은 이후 포르투갈의 국민 시인 반열에 오른
페소아가, 비록 『불안의 책』으로 한국에서 소수 마니아 독자를
확보했다고 하지만, 한국의 시 독자들에게도 사랑을 받을 수 있을
것인가?

이런 질문을 하자니 하나의 에피소드가 떠오른다. 이번 시선집
출간 전에 한국에 유일하게 번역된 페소아의 시집이 있었다.
페소아의 이명 중 하나인 알베르투 카에이루가 저자인 『양치는
목동』이라는 시집이다. 그 시집은 절판된 지 오래고, 그나마
국립중앙도서관이 책 한 권을 소장하고 있었다.

나는 몇 년 전 국립중앙도서관을 방문해 그 책 일부를
복사했다. 책장 하나하나를 넘기며 복사를 할 때 책장이 왠지
수월히 넘어간다는 느낌을 받았다. 책을 들여다보니 이미
책장들이 접혀 있었다. 누군가 나처럼 책을 복사하면서 책장을

247

접을 때 남긴 흔적이었다. 책은 절판됐고 대출도 되지 않으니 페소아의 시를 도서관 밖으로 가져가려면 복사 말고는 방법이 없었다.

그때 나는 깨달았다. 페소아 시를 읽고 집에 품고 가고 싶었던 사람들이 있었구나! 잠자리에, 출퇴근길에, 휴식시간에 읽고 싶었던 사람들이 있었구나! 포르투갈이라는 이국의 시인, 국내에 잘 알려지지도 않은 시인, 번역된 한 권의 책마저 절판된 시인, 페소아, 카에이루를 좋아한 한국인들이 있었구나! 그 소수의 한국인들에게 이번 페소아의 시 번역은 얼마나 반가운 일일까?

아마도 한국의 독자들은 페소아의 시들을 읽을 때, 그의 이명을 염두에 두지 않을 수 없을 것이다. 내가 예전에 읽었던 알베르투 카에이루의 시편들과 이번에 읽은 알바루 드 캄푸스의 시편들은 얼마나 다른가?

"나는 마치 금잔화를 믿듯 세상을 믿는다,/ 왜냐하면 그걸 보니까. 그것에 대해 생각하지는 않지만/ 왜냐하면 생각하는 것은 이해하지 않는 것이니……"(「양 떼를 지키는 사람」, 『시는 내가 홀로 있는 방식』에서)라며 오로지 바라봄으로써만 세상을 이해할 수 있다고 주장하는 자연의 견자(見者). "아무것도 시를 잃지 않았다. 게다가 이제는 기계들까지/그들만의 시가 있다,(……)/기계의 시대가 우리 영혼에 가져온 것들./오늘날의 여행은 옛날만큼이나 너무도 아름다우며/배는 언제나 아름다울 것이다"(「해상 송시」, 『초콜릿 이상의 형이상학은 없어』에서)라고 기계를 예찬하는 모더니스트. 이 둘은 얼마나 다른가?

그러나 이러한 다중인격성을 분열증적 질환으로 치부할 수는 없다. 특히 문학에 관해서는 더욱 그렇다. 자크 데리다는 문학을 "모든 것들에 대해 모든 방식으로 말하는 이상한 제도"라고 했다. 그렇다면 페소아는 데리다의 명제를 '이명적 시 쓰기'라는 독창적인 방식으로 몸소 구현한 것이 아닐까? 캄푸스는 자신이 도시에서 목격한 모든 사물들, 풍경들, 사람들을 호명하며 "아,

나는 얼마나 이 모든 것의 뚜쟁이가 되고 싶은지!"(「승리의 송시」,
『초콜릿 이상의 형이상학은 없어』에서)라고 외친다. 그는 모든 것들을
모든 감각과 사유로 표현하는 모든 방식의 시를 쓰고 싶었던
것이다. 어떻게? 모든 존재가 됨으로써!

나는 페소아의 시를 읽고 속으로 중얼거렸다. 미쳤군. 완전히
미쳤어. 그러나 이 말은 무슨 정신병을 두고 하는 말이 아니다.
오히려 이렇게 이야기해야겠다. 가장 명징하고 정확하게 삶과
인간을 관찰하고 묘사하기 위해 페소아는 자아 정체성의 한계를
확장하고 넘어서려 했다. 가장 제정신이기 위해 그는 미친 듯이
말할 수밖에 없었다. 그러니 나 또한 이렇게 말할 수밖에. 한국의
모든 독자들이여, 페소아에게 오라, 와서 "모든 인간과 모든
장소"(「승리의 송시」, 『초콜릿 이상의 형이상학은 없어』에서)를 경험하라!

세계시인선 25   초콜릿 이상의 형이상학은 없어

1판 1쇄 펴냄 2018년 10월 5일
1판 6쇄 펴냄 2022년 3월 25일

지은이   페르난두 페소아
옮긴이   김한민
발행인   박근섭, 박상준
펴낸곳   (주)민음사

출판등록   1966. 5. 19. (제16-490호)
주소   서울시 강남구 도산대로1길 62
             강남출판문화센터 5층 (06027)
대표전화   02-515-2000   팩시밀리 02-515-2007

www.minumsa.com

ⓒ 김한민, 2018. Printed in Seoul, Korea

ISBN 978-89-374-7525-2 (04800)
         978-89-374-7500-9 (세트)